차원 이동 가능

차원 이동 가능

김중일 시집

창비

차
례

'시'로 갔다

창문에 어린

어린이 강아지 고양이 아지랑이 서리 비 구름 나무 바람 꽃…… 아예 통째로 모두가 든 창문을 먼저 다 보내고 나서 그도 '시'로 갔다

시는 무엇인가에 대한 오랜 물음에 그는 구부러진 손가락을 들어

'시'로 가는 길을 알려주었다

손가락이 자꾸 구부러져 땅을 가리키고

손가락이 땅을 가리키다 오늘의 지평선을 실뜨기처럼 떠서 내일의 지평선과 얽고

손가락이 더 구부러져 급기야 자신을 향하고

자신의 손금을 들어 올리자 아침의 그와 저녁의 그의 손금이 교차되고

하는 수 없어진 그는 슬픈 표정으로

시와 '시'가 같지 않다고, 한마디 말 없이 표정으로 말했다

'시'는 말이나 문자가 아니라 하나의 장소다 흔히 만남의 장소

특히 이별의 장소, 시와 '시'가 다른 건 가령

일요일과 월요일 사이에 서는 것과

월요일과 일요일 사이에 서는 것이 양극단에 가깝게 다른
것과 같다
　일요일에서 월요일로 넘어가는 초침보다 얇은 틈에 스며
든 말로 이루어진 시도 엄연히 시이겠지만
　그의 '시'는 적어도 월요일과 일요일 사이를 빈틈없이 채
우는 부피로
　이루어져 있고, 공기만큼의 무게도 없이
　월요일과 일요일 사이 '시'가 터질 듯 터지지 않는 풍선처
럼 가득
　들어차 부풀고
　'시'는 월요일에서 일요일까지 열외 없이 싹 다 태우고 떠
오른다
　열기구처럼 떠오르는 창밖의 '시'에
　피멍을 자연인 듯 잘 감추는 꽃 바람 나무 구름 비 서리 아
지랑이 고양이 강아지 어린이 등을 먼저 싣고
　그래서 텅 빈 창문들까지……
　태워 보낸 그는 사실 시인이다
　시나 쓰던 무기력한 시인은 '시'로 갔다
　이제 돌아오지 않을 거라는 '말'을 자신을 대신하여 남겨

두고
그 '말'은 시인 행세를 하며 대신 말을 전한다
── 이를테면 이런 것이다
어린이에 대한 아픈 시편들이
어린이의 표정을 담아
어린이만큼 모이면
어린이가 된다
어린이처럼 우는 실제
어린이가 되어 울다가
못된 어른을 피해
'시'로 갔다
결국 어린이만 가고 어린 '이'에 따라붙던 미소는 영영
따라가지 못했다
모든 이야기는 위의 얼개에 따른다
그리고 한번 '시'로 가면 끝이다
행복하게 오래오래 살았다거나
다시 돌아오고 그런 건 없다
텅 빈 미소만 남는다

가을의 러너

가능하다면 멈추지 않습니다.

달리는 것보다 멈춰 서는 것은 엄청난 스피드가 필요하니까요.

찰나라도 가을을 멈춰 세우려면 다음 가을로 세월보다 빨리 달려가는 수밖에 없습니다.

그게 가능할까요…… 아직 봄 같은 가을에

혼자 우는 멍투성이 아이 앞에 잠시 멈췄을 때 뛰는 내내 풍절음을 내며 덜컥이던 가슴팍을 확 열어젖히고

심장이라는 쳇바퀴를 돌고 돌던 다람쥐들이 쏟아져 내렸습니다.

다람쥐들과 함께 낙엽들이 울컥 물밀듯 흘러나왔습니다.

젖어 있는 텅 빈 가슴께를 움켜쥐고 무릎을 꿇었습니다,

혼자 우는 아이의 눈높이에 딱 맞게,

남쪽으로 흘러가는 강물처럼 흘러가는 낙엽들에 빠져 허우적대며 나의 다람쥐들이 떠내려갑니다.

낙엽들의 수심이 깊습니다.

가문 땅이 갈라지듯 잎맥이 퍼진 낙엽들이 흘러갑니다.

건조한 가을의 허공이 쩍쩍 갈라집니다.

그 속에 침몰한 나무들이 많습니다.

최대한 멈추지 않으려 합니다.

가라앉지 않으려 노를 젓듯 부드럽게, 물 흐르듯 바람 불듯 두 다리를 교차합니다.

── 리듬이 중요합니다 최대한 가라앉지 않으려 합니다 가라앉는 것도 그리 쉽지는 않지만 불가능하진 않습니다 가능합니다 아무리 노력해도 가라앉는 것이 결코 불가능하지는 않아요 불가능하지 않은 일을 불가능하게 하는 건 꾸준한 노력이 필요합니다 ──

아이를 잃고 멈추고 가라앉아버린

페이스를 잃은 내 러닝메이트가 알려주었습니다.

깊은 수심의 바닥에 깔린 모래자갈처럼 별이 빛나는 가을밤은 인공위성을 발사하기에 최적입니다.

한해의 슬픈 일들을 하나하나 카운트다운,

죽은 아이들을 태우고 붉은 낙엽들을 지상으로 쏟아내며 기체가 발사됩니다.

대기권을 벗어나며 '겨울'이 분리되어 지상으로 추진체처럼 떨어집니다.

그 겨울의 잔해를 찾으러 가을의 요원들이 출동했습니다.

전쟁터의 아이들도 타고 있던 기체의 끝단이 궤도에 진입한 걸 확인하고 다시 뜁니다.

영원히 머리 위를 돌고 돌 겁니다.

가능한 한 최대한 멈추지 않습니다.

이 가을을 멈추는 건 엄청난 스피드가 필요합니다.

가령 가을을 찰나라도 멈춰 세우려면 겨울의 러너, 봄의 러너, 여름의 러너를 싹 다 이겨야 합니다.

그건 여름에 앞서가는 가을을 앞서가는 겨울을 앞서가는 봄을 앞서가는 여름을 앞서가는 가을에 하는

가위바위보와도 같습니다. 그게 가능할까요?

올해 크리스마스의 공습 속에 네살 아이가 있었듯

솔직히 불가능하지 않습니다.

서로 러닝메이트인 매 계절의 러너들이 죽은 아이들 앞에서 자꾸 멈춰 서니까요.

그래서 불가피하게 엎치락뒤치락 계절의 순위가 뒤섞여

어떤 해는 내내 귀가 먹먹한 봄이기도 한

여태 봄을 달리는 가을의 러너보다 빠른 인공위성은 없습니다.

간빙기의 우리는

각자 얼음처럼 딱딱하게 박힌 기억이 있어
우리는 얼음과 얼음 사이에서 태어났어 그리고 만났어 우
리는 얼음처럼 차갑고 얼음만큼 차갑지 않고 땀과 눈물을
흘리며 녹아가는
'너'라는 '얼음'과 '나'라는 '얼음' 사이에 두개의
공중과 공중을 비눗방울처럼 부풀리는
빛과 빛을 굴절시키고 반죽하는 먼지들, 저 멀리 간빙기
의 노을은 아름다워
공중과 공중을 말풍선처럼 부풀리는 간빙기의 봄
너의 공중 한점 나풀나풀 끌고 와 나의 공중에 합치는 얼
음 조각 같은 흰나비

우리가 얼음과 얼음이 만나 합쳐진 얼음이었다는 증거는
차갑고 단단한 기억이야
무심코 잡았다가 피부를 물어뜯듯 무섭게 달라붙는 타는
얼음의 기억, 눈물로 뭉쳐진 기억이라는 얼음
무정형의 세포였다가 차차 몸에 맞는 형태로 응고된 채
너는 태어났어, 간빙기의 여름에

엄마 안에 얼어 있던 기억 하나가 녹아 밖으로 흘러나와 내가 되었어

그리고 다시 내 안에 나를 닮은 얼음 결정이 점점 커지듯 기억이 생겼어

기억이 생긴다는 건 내 안에 단단한 얼음이 커진다는 것

내가 죽을 때까지 상하지 않고 영구동토층에 저장된다는 것

간빙기의 가을, 얼음과 얼음 사이로 휘파람을 불자 그대로 얼어붙어 커다란 자루 모양이 되었어

따뜻한 입김으로 휘파람을 불자 추운 고양이가 달려와 휘파람 속으로 뛰쳐 들어갔어

한 자루의 휘파람 속에 갇힌 고양이가 힘껏 달아났지만 소용없었어

휘파람으로 찰나에 만든 둥근 포대 자루 속의 고양이는

지구상의 우리를 닮았어

간빙기의 겨울, '나'라는 얼음에서 흘러나온 내가 '너'라는 얼음이 녹아 흐른 너를 만났어 우리는 뒤섞였어

내 안에 네가, 네 안에 내가 마음 한편에 빙벽을 만들었어
냉동실 내벽에 낀 얼음 결정처럼 얼었어
내벽에 달라붙은 얼음 결정들이 점점 너무 두껍고 커져서
거의 아무것도, 어떤 기억도 더 넣을 수 없을 때
너는 냉동실 문을 활짝 열고 달아났어

얼음처럼 차갑고 얼음만큼 차갑지 않고
땀과 눈물과 주름을 흘리며 녹아갈 수 있는 시간이 가면
다시 단단한 기억을 가질 수 있어
간빙기에만 생존 가능한 우리는, 우리 사이의 모든 것들은
떠다니는 빙하기의 잔여들, 나와 너 사이 떠 있는
앙상하게 늙은 나무
가지 안에는 초록의 나뭇잎이, 단내 나는 과일이, 선잠처
럼 환한 꽃의 결정들이 얼음처럼 가득 들어차 있어
얼음처럼 단단하게 박힌 기억이 있어

계약 창문

얼마 전 서울의 수조라 불리는
한 대기업 사옥의 모든 창문이 동시에 깨진 적이 있다
산산이 조각난 유리 파편들이 수분간 거리로 쏟아졌다
피할 수 없는 소나기처럼
저녁이 내리던 무렵이었고
── 지진인가요?
사방이 밀폐된 통유리 속에서 입만 뻐끔거리던 사람들은
깨진 어항 속의 물고기들처럼
그제야 건물 밖으로 쏟아져 나왔다

덕분에 빈 사무실에 새 한마리가 드디어 날아들었다
그동안 수시로 새들이
목숨 걸고 퇴근하여 귀가하다가 빌딩 유리창에 부딪쳐 죽
어갔다
날아 들어온 새는 공중을 통과하듯 건물을 통과해 날아
갔다

그는 기술자다, 마치 새처럼
몇달 전 용역업체를 통해 홀로 수십 층 건물에 매달렸다

그는 온종일 한 칸 한 칸 건물의 모든

 창문에 비친 자신의 옷매무새나 표정 없는 얼굴을 살피며 창문을 매만졌을 뿐인데

 저물 무렵 건물은 한점 얼룩도 없는 새로 지은 옷처럼 빳빳하게 전시되며 은은한 광채를 내뿜었다

 그는 그날 창문들과 계약서를 썼다, 단지 창문을 닦는 것 같은 모습이었겠지만

 그날 그는 모든 창문에 적힌 계약 내용을 꼼꼼히 읽고 사인했다

 짧은 계약기간은 금세 흘렀고, 당연히

 창문은 효력을 다한 계약서처럼 찢겨 산산이 흩뿌려진 것이다

 그뿐이다, 지진은 아니었고 다만

 새들 때문이라는 관측이 있었을 뿐

 서울 한복판에 놓인 수조가 박살 난 이유를 다행인지 불행인지

 그 외에는 누구도 알지 못했다

 창문들과의 계약에서 불공정한 조항은 인구수만큼이나

많았지만

　그는 집으로 와 창문을 열고 창밖으로 서울을 연처럼 띄
워놓았다

　잠결에, 열어놓은 창문을 누가 탁 닫는 소리를 들었다
　그만 연줄이 끊어져 서울이 지구 너머로 사라졌다
　멀리 날아간 서울이 태양에 가장 가까워지는 순간에도,
가까워져 아침처럼 전부 다 하얗게 타들어가는 순간에도
　──그때 그건 아무래도 지진이 맞겠죠?
　정말 그런 건 아니었고, 술이 덜 깬 그는 여태 캄캄한 어젯
밤인데
　아침 창문이 누군가 다짜고짜 들이댄 플래시처럼 번쩍 켜
졌다
　그러나,

　'그'는 누군가 취해서 흘려 쓴 숫자처럼 누워 있다
　짝이 맞지 않아 버려진 젓가락 같은
　시침과 분침은 '그'와 같은 모양의 미끄러운 숫자들을
　달력에서 집어 올리는 데 오늘도 실패한다

공기의 기억

공기는 다 기억하고 있다,
너의 모든 얼굴 표정과 기분을 그리고 몸짓을.

앞서가는 너의 얼굴을 마스크처럼 내 얼굴에 쓴다.

온종일 걷다가 신호등 앞에 멈춰 서면 그제야 공중이 내
뺨을 쓰다듬는다,
미래에서 만들어진 고성능의 마스크처럼.
공중에는 무수히 많은 얼굴의 형상이 공기의 흐름에 따라
떠다닌다.
바람이 머리카락처럼 자라고 흩날린다.
공중은 지구상에 존재했던 모든 얼굴들의 저장소다.
신호가 바뀌고 걸음을 옮기자, 내 얼굴을 한 공중의 공기
가 조금 더 생각할 것이 있는 듯 그 자리에 그대로 우두커니
서 있다가
나를 대신해서 정거장 벤치에 앉아 하늘을 보고,
이어 건너편 인도를 보고 있다.
그곳에 오늘 제 '몸'을 떠난 열살 아이가 울고 있다.

상점과 아파트와 학교와 신호등과 건널목과 나무와 담벼락과 인도와 자동차와 아이들과 나뭇잎과 꽃과 곤충과 너와 내가 공중의 모양을 만드는 게 아니라, 이 모든 것들의 윤곽 위로 공중이 매 순간 재건축되고 있다. 자동차가 아이와 가로수를 차례로 들이받자

나뭇잎이 떨어진다, 공중은 다시 지어진다.

한 아이가 거리를 떠난다, 풀썩 기울어진 공중은 다시 지어진다.

공중이라는 미래의 건축물이 아직 허물어지지 않고 버티는지 알기 위해서는 공중의 구조를 알아야 한다.

'공중'은 세상의 모든 손들을 본뜬 공기가,

투명한 공기의 손들이 떠나려는 사람을 붙잡고 얼굴을 쓰다듬는 순간의 '기억'으로 버티고 있다.

그 손을 안전띠처럼 풀고 아이들이 떠난다.

매일 공중의 이음쇠가 떨어져 나간다.

공중의 공기가

유일하게 본뜨지 못하는 건 슬픔의 감정일지도 모른다.

그러므로 유일하게 기억해야 하는 건 슬픔의 감정이다.

공중은 모든 얼굴의 표정과 흐르는 눈물의 윤곽을 기억한다.

　앞서가는 너의 표정이 젖은 낙엽처럼 날아와 내 얼굴을 덮는다.

　내 얼굴을 한 공중이 너의 표정으로 아직 길 건너편을 보고 있다.

　이제 다시 돌아오지 않는

　한 어린 공중에 대한 선연한 '공기의 기억'을 보고 있다.

그

출장 갔던 그가 돌아왔다. 출장 기간이 한참 지나서 돌아온 그를 우리는 어떻게 받아들여야 할지 한동안 시간이 필요했다. 상당 기간 천천히 충분히 고통스럽게 그와의 시간을 정리했기 때문이다.

엄마와 나는 돌아온 그를 똑똑히 볼 수 있고 대화할 수 있으나, 만져지지 않았다. 미리 확인해두지만, 눈앞의 그의 존재는 단지 환영이나 영혼 같은 건 아니었다.

그의 몸은 기체로 뭉쳐진 것 같았다. 일종의 이상기류 같았다. 눈에는 보이니 투명 인간이라고는 할 수 없는 그가 나를 만지는 건 신기하게도 가능했다. 공기가 나를 매 순간 만지고 있듯. 최소한 체온이 있는 존재는 다 만질 수 있는 것 같았다.

햇빛이나 비도 만졌다. 덕분에 햇빛이나 비에도 체온이 있다는 걸, '혈관' 속의 피처럼 바람이 '햇빛과 비 사이'를 흐르며 체온을 전달한다는 걸 알았다. 옥상 난간 위에서

그가 나를 번쩍 안아줄 때 나는 마치 '바람'에 떠오르는 느낌이었다. 바람은 바람일 뿐, 문제가 되지 않았다. 그는 엄마와 나를 많이 안아주었다. 문제가 있었다. 우리는 우리가 만질 수 있는 그의 실제 몸을 찾고 싶었다.

그럴 필요가 있을까? 그는 이처럼 눈앞에 완벽하고 이기적인 모습으로 존재하는데. 나는 그를 언제나 만질 수 없어도 그는 나를 언제든 만질 수 있는. 솔직히 그의 유일한 능력이라면 그저 '눈에 보이는 것'이다. 만질 수 없는데 눈에는 보인다는 것, 그것은 대단한 초능력이었다.

엄마는 모호하게 늙었고 나는 애매하게 어렸고, 나도 그의 능력을 가지고 싶다고 생각하며 남은 기간 가능한 한 열심히 자랐다. 바람은 바람일 뿐, 가진 거라고는 물컹하게 만져지는 몸밖에 없이 자랐다. 바람이 심하게 불었다.

바람이 그 그 그 그 그 창문을 두드렸다.

만약 우리의 바람이 아니라면 뒤늦게 돌아온 그는 누구일까?

그러데이션

사방의 색이 차차 진해졌다 엷어지는 어느 초겨울 새벽의 예기치 않은 짧은 조우에 대한 이야기다. 너는 이른 봄 불시에 잃은 아이의 방 창문에 흰 서리가 덮인 것을 발견했다. 그제야 봄이 갔다는 걸 깨달은 너는 새하얀 창을 보며, 영안실에 누워 아이가 마지막으로 본 세상의 풍경인 흰 홑이불이 바로 저 창문 같았을 거라고 확신했다. 아이는 창밖에 눈송이가 가득하다고 생각했을까. 스스로 눈사람이 되었다고 생각했을까. 한 발 가까이 다가설 때마다 더운 숨이 죄스러워 너는 창문 앞에서는 숨을 멈췄다. 살펴보니 서리는 흐르는 물결처럼 무늬와 채도와 명도가 달랐고, 언젠가 아이가 창 한가운데 찍어놓은 작은 손바닥 자국은 형광등보다 더 하얗게 도드라져 떠 있었다. 눈앞에 아이의 하얗게 언 손이 손금까지 선명히 떠 있었으나 너는 그 손이 녹아버릴까 잡지 못했다. '살거나 죽거나 혹은 죽거나 살거나는 단지 살짝 더 짙거나 엷은 것'뿐이므로 그 손을 잡지 않았다. 성급히 손잡으려 들다가는 둘 사이 색의 간격이 더 벌어질 수 있다. 너와 아이의 채도와 명도가 더이상 벌어지지 않게 생전 모습을 눈썹 한 올까지 그리며, 팔레트 한 칸 사이 나란히 담긴 서로의 시간이 한번씩 스미기를 기다리면 된다. 당장 오늘 밤이라도 네가 물감통 속 같은 잠에 빠져 네 숨결의 색깔이 살짝 옅어지면 어렵지 않게 아이의 손을 잡을 수 있다.

그림자를 스친 사이

어른이 아닌 모든 것

그림자를 스친 사이는 아무런 사이가 아니다. 그림자를 스친 사이는 전생에서 내생까지 생면부지다. 실낱같은 인연도 허락되지 않는다. 그림자를 스치는 순간, 겹치는 찰나만이 유일한 접촉이다. 엄마와 아빠와 나는 그림자를 스친 사이인데…… 엄마 아빠 딸 사이가 된 것이 불행일까. 아빠가 바다로 차를 몰았다. 나는 물속인지 잠 속인지 모를 깊고 깊은 심연으로 빠져들고 있다. 마치 내가 태어난 줄도 모르고 태어났을 때와 똑같다.

물속에서도 그림자가 나와 같이 살아줄까. 나를 떠나지 않고, 떠나려는 나를 붙잡아줄까. 죽지 마, 죽지 마, 하며 차마 못 죽게 발목에 매달려줄까. 그럼 못내 못 이기는 척하며 천근 눈꺼풀을 들어 올리는 불가능한 괴력을 발휘하여 차창을 깨부수고 영화처럼 탈출할 수 있었을까.

나와 똑 닮은 내 그림자를 위해 나도 아이로 남고 싶었지만 그건 내가 선택할 수 있는 일이 아니다. 아이가 되거나 아이가 되지 않거나는 나로서는 언제나 불가피하다. 이제 나는 다만 어른이 아닌 무엇이든 될 수 있게 되었다. 일단 물이 되었다가, 물고기가 되었다가, 해초가 되었다가, 심지어 플랑크톤도 되었다가, 신출귀몰 천변만화의 변신을 거듭한다.

아이였던 나의 일부가 물이 되는 순간, 아이 그림자의 일부도 물의 그림자가 되는 순간, 내게서 분화된 다른 두 그림자가 서로 스치고 겹치는 순간 나는 알았다. 아이였던 나와 물이 된 나, 물고기가 된 나, 파도가 되거나 해풍이 되거나 공기가 되거나 구름이 되거나 비가 되거나, 다시 물이 되고 물고기가 될 무수한 나는 이제 서로 영원한 생면부지가 되겠구나.

그림자를 스친 사이면 충분하다.

물과 공기와 태양 등으로 구성된 세계는 한때 자신이었던 내가 반에서 어떤 아이였는지, 생전에 누가 누가 얼마나 착했는지 모른 체하겠지만 사실 낱낱이 다 알고 있다.

깊은 모서리

온몸을 이용해 만들 수 있는 모서리는 몇개일까 궁금해서 가장 먼저 눈앞에 손을 쥐어본다 한 주먹에 대략 열개 이상

반듯이 서서 포옹하고 있는 자세에 대해 생각해본다 둘이 어서 가능한 한 가장 모서리를 만들지 않아도 되는 자세

당신의 머리를 쓰다듬는다 몇 가닥의 머리카락이 우연히 내 손금과 겹쳐진다 머리카락들의 시간을 이은 머리카락들 그 잡념의 리사이클

우리는 모서리에 대한 탐구를 계속했다 오랜 시간이 지났다 시간에는 무수한 모서리가 있다는 것도 발견했다 시간 자체가 모서리다

가령 당신들의 기일은 한평생 나를 얼마나 찔렀나 네개의 모서리로 이루어진 십자가 모양으로 성호를 긋고 한번도 만나보지 못한 누군가의 가호를 기대하지만

기대는 얼마나 집요한 모서리일까 손톱만 한 기대가 지난

여름 백일홍처럼 뜨거운 기대 속에서 타고 나고 타고 나고, 그만하면 되었으니 하얗게 탄 나무를 건져 다음 여름에는 먼바다에 심어주고 싶다

모서리들의 리사이클장에서 다시 온몸을 이용해 만들 수 있는 가장 깊은 모서리를 '생각'해본다 매 순간 나를 향해 빛나는 두개의 모서리, 해가 뜨고 달이 뜨듯

뜨는 네 두 눈은 가장 위험한 모서리다 조심해도 그 모서리에 얼굴이 부딪쳤고 내 '생각'은 깨져 줄줄 흐른다 내 생각이 잔뜩 묻어 뚝뚝 떨어지는 네 두 눈은 쏟아질 것 같다

너에 대한 내 '생각'은 자력으로 껍질을 깨고 기어 나와 무수히 넘어지다 한번 날개를 펴고 날아올라보기 전에 늘 너의 모서리에 부딪쳐 깨진다

이런저런 생각을 달걀처럼 매만지다 아무 모서리에다 톡톡 깨서 간단한 아침을 준비한다 출근하며 우리는 서로의 두 눈, 모서리 너머 깊은 곳을 엿보기 위해 포옹한다

나란히 걷는 일

이곳으로 출생할 때
누구나 발을 훔쳐 온다
태어나기 전까지 신던 낡은 제 발을 벗어버리고
새 신발을 훔치듯 '옆 사람'이 벗어둔 발을 몰래 신고 나
온다

그러므로 훔쳐 온 발은 일생 신발 속에 잘 숨기고 다닌다

그리고 '옆 사람'을 자신도 모르게 찾게 된다

훔쳐 온 발로 누군가에게 홀린 듯 걸어가게 될 때가 있다
훔쳐 온 발이 제 의지로 원래 주인에게로 돌아가려 할 때
가 있다

우연히 그러나 반드시
내 발의 주인을 사랑하게 된다면, 운 좋게 함께 나란히 걷
게 된다면?
그때부터 우리의 발들의 진짜 주인은 누구일까
그때부터 우리의 발들은 어디의 누구에게 가는 것일까

죽을 때까지 함께 나란히 걷는 일,

그런 일이 우리에게도 생긴다면 그때부터 그저

우리 두 발의 진짜 주인에게 함께 찾아가는 일

만약 내가 발 아픈 너를 번쩍 업는다면

그것은 태어나기 전까지 신던 꼭 맞는 제 발을 네가 되찾

아 신는 일

태어나기 전처럼 이미 죽은 우리를 만나러 가는 일

나무는

*

나무는

시시각각 자라는 나뭇가지는 지구가 허공에 대고 하는 젓가락질.

인간은 그것을 본떠 나무젓가락까지 만들어 지구를 대신해 평생 멈추지 않고 먹지.

나무관에 젓가락처럼 반듯이 누워 지구의 도시락통에 들어갈 때까지.

지구의 캄캄한 입속으로 쏙 들어갈 때까지.

밤에 늙은 순록이 나무둥치에 몸을 비비고 나뭇가지에 뿔을 섞는다.

밤새 젓가락 부딪치는 소리가 난다.

지구는 젓가락질을 한다.

지구는 나무들을 치켜들어 가지를 뻗고 그 가지에서 갈라진 가지를 뻗어

더 멀리 젓가락질을 한다.

다 지구의 식탐 때문에 '죽음'이 탄생했는지도 모른다.

결국에는 그 식탐이 모든 것을 집어삼킨다.

한동안 젓가락을 아무리 뻗어도 집을 수 없을 만큼 먼 하늘을 날던 새들까지도.

나뭇가지 위 새 둥지를 뱀이 휘감는다.

어린 새들을 뱀이 집어삼키는 듯 보이지만, 정확히 말하면 젓가락에 뱀이 국수처럼 감겨 있을 뿐이다.

그 뱀은 곧 후루룩 잡아먹히게 된다.

* *

그의 엑스레이에 병이 하얀 새순처럼 돋자 나는 선산에 묘목을 심었다.

몸의 병은 다행인지 불행인지 지루하도록 천천히 자라나서 결국에는 무성해졌다 푸릇푸릇 싱싱해졌다.

어느덧 버젓이 자란 선산의 나무처럼.

예전에 심은 어린나무는 세상에 간 실금처럼 간신히 어리다가 어느새 쉼 없이 젓가락질을 하듯 나뭇가지를 벌린다.

나뭇가지 끝에서 갈라진 젓가락을 다시 벌리고

볍씨 모양의 노란 나뭇잎을 먹고, 붉은 꽃을 먹고, 파란 새를 먹고, 검은 뱀을 먹고, 온갖 것들의 선잠 쪽잠 겨울잠까지 다 먹고

자랐다, 나무는.

수목장을 마친 후 그 옆에 어린나무 하나를 더 심었다.

혼자 밥 먹지 말라고, 외롭지 말라고, 가로등도 하나 없는 곳에서 무섭지 말라고, 둘이 꼭 껴안고 자라고 은행나무를 심었다.

실금처럼 어리던 어린나무는 세월이 흐를수록 내 '생각'에 점점 큰 틈을 내며 자랐고

이제는 한숨만 내쉬어도

깊이 금이 가 와르르 허물어질 위험한 내 '생각' 속에

한 사람이 곤히 자고 있다.

나뭇잎을 감긴 눈꺼풀처럼 무겁게 무수히 매달고 있는 화분을 기어이 끌어안고 가는 바람

이건 다 꿈인가

바람이 새처럼 창문으로 날아와 부딪쳐 죽는다

그 충격이 제법 커서

창문 안쪽에 고요히 놓인 화분의 남천나무가 잠자리 날개 두께만큼 흔들리고

밤사이 나뭇잎에 쌓인 적설의 그림자처럼 잠이 오소소 떨어진다

아이만 한 남천나무는 링거 줄처럼 가는 가지를 휘감고 있다

화분은 혼수상태의 작은 나무를 포기하지 않고 안고 있다

작은 나무를 끌어안을 수밖에 없는 하나의 상징처럼

긴 전쟁에 위아래 좌우 아파트 베란다 창은 다 깨져 있고

이상하리만큼 유독 멀쩡한 가운데 집 창문에

새처럼 바람이 날아와 부딪쳐 죽는다

죽은 사람을 태우면 희다면 희고 검다면 검은 한 줌의 재가 되고, 재가 바람의 일부가 되고, 최종적으로 투명한 공기

가 되듯

　역으로 공기보다 조금은 더 자유롭게 하늘을 나는

　바람은 새들과 같은 체성분을 가진다

　오와 열을 맞춰 횡단하는 모든 새들을 씨줄과 날줄처럼
엮으면 투명한 스웨터처럼 바람이 만들어진다는 사실

　사람의 눈으로 식별되는 새들은 일종의 보풀처럼 바람의
소매 밖으로 도드라진 것

　공중을 빈틈없이 덮고 있는 투명 외투에서 삐죽이 빠져나
온 깃털 같은 것

　마치 나뭇잎의 영혼 같아 굳이 떼고 싶지 않은

　매일 같은 순간을 넘겼다

　그 순간들은 선잠 속에 넘긴 교과서 책장처럼

　잠시 지나쳤지만, 생을 마친 후

　쉬는 시간에 언제든 다시 펼쳐볼 수 있는 걸까

　바람이 창문 너머 화분에 새끼를 두고 온 듯

　창문으로 날아와 기어이 부딪쳐 죽는다

남쪽 하늘, 창문 옆 화분

나뭇잎은 사망자의 감긴 눈꺼풀 같고, 이제 아무도 들지 않는 숟가락 같고

그 무엇보다 선잠에 잠긴 아기 새가 덮은 이불 같고……

무수한 새가 부딪친 창문의 떨림이 하나의 무게로,

드디어 눈꺼풀 하나의 무게로 쌓여

그동안의 오랜 잠을 눈 깜짝할 사이 들어 올리며, 저울 한쪽이 부드럽고 고요하게 내려앉듯

나뭇잎 하나가 떨어진다

빈집에 작고 하얀 새 한마리가

물잔에 빠뜨린 각설탕처럼 녹는다

매캐한 포탄 연기에 그만 재채기를 하고 만 저격수의 오발탄이 화분을 박살 내자

무수한 눈꺼풀 같은 나뭇잎은 새가 되어

재가 되고, 바람이 되어 공기가 된다

잠이 된다

이건 다 꿈인가

날아가네

저녁을 위해 낡은 칼을 버리고 마트에서 산 새 칼을 비닐 봉지에 넣어 집으로 가는 평화로운 일상이네

대륙간탄도미사일이 날아가네

캔디 하나를 까서 입에 넣고 껍질을 길가에 슬쩍 버릴까 말까 고민하며 집으로 가는 소강 국면의 저녁이네, 외기권에서 보면

대륙과 대륙은 사탕 껍질들처럼 버려져 있네

대륙간탄도미사일이 날아가네, 너의 도시로

외기권에 그 많은 세월을 다 두고 온

도시에서 '영원의 나이'가 가장 많은, 갓 태어난 아이

영원토록 살다가 어쩌다 사탕 껍질처럼 버려진 대륙에 떨어져

단내 물씬 나는 숨으로 한살 두살 먹을수록 줄어드는 네 영원의 나이 혹은 영혼의 나이

영원의 영혼은 고작 지상에서의 몇년간 다 기화될까, 유리창에 어린 성에처럼 대책 없이 어린 시간

터져 나오는 울음을 끌어안으려 작게 웅크릴수록 그보다 더 작아져 몸 안에 숨어버리는 겁쟁이 그림자처럼, 울음에

씻겨 바닥에 흘러내린 그림자처럼 이 대책 없이 어린 시간

  (아이야, 혹시 어른이 되면 어쩌면 네 혀에서 새털이 날 거야 오래 걸리지 않을 거야 그때를 놓치지 말고 네 입속의 새를 날려 보내줘, 그럼)

  네 입안에 뜨겁고 차가운 맛의 캔디처럼 해와 달이 뜨고 아이스크림처럼 구름이 녹아 끈적끈적한 장마가 시작되고 달콤한 장미가 녹는 냄새가 화약 냄새와 섞이고

  네 혀는 외기권에서 데리고 온 네 영혼의 작은 새, 울기만 하다가 날개를 펴고 날아가네
  어린 네가 못한 말들을 싹 다 챙겨서 네 혀가 날아가네
  듣는 귀 하나 없는 빈 허공으로 쓸쓸히

  공중이라는 얇은 비닐봉지 속의 칼처럼
  대륙간탄도미사일이 날아가네
  너의 도시를 타격하려, 너의 도시 위를 맴도는
  네가 못한 말들을 가득 안은 고독의 새를 치받고 가려는

순간

　나는 더이상 이 시를 쓰는 걸 포기하고 종이를 접듯 공중
을 접어버리네

　최소한의 희생을 위해, 새들에게 미안하지만, 미사일은 계
속 날아가는 중이지만, 물리학적으로 접힌 공중의 주머니에
갇혀 어디에도 가 닿지 못하고 영원히 날아만 가야 맞는데
　　이미 벌써 뜯긴 지붕과 뽑힌 나무와 깨진 창문이 있던
　　터진 공중의 한 구멍으로 미사일이 쑥 빠져버리네

　(어쩌나, 터진 비닐봉지 속의 식칼처럼 오랜 전쟁 중인 그
자리로만 줄곧 빠져버렸어
　　뜯긴 지붕은 계속 뜯기고 뽑힌 나무는 계속 뽑히고, 놀랍
게도 깨진 창문은 아직도 깨질 게 남아 있어
　　맞아, 우리는 창문이 너무 많았어 창문으로 본 먼 곳이 너
무 많았어 산산이 부서질 마음이 이렇게 많았어)

　한편으로는 터진 공중으로 빠져나가네

아이와 새와 캔디의 영혼이 비바람처럼 빠져나가네, 공중 가슴께의 소용돌이에 합류해 이상한 나라로

함께 떨어진 털북숭이 강아지 한마리 그 자리에서 덜덜 떨고 있네, 저 낑낑거리는 강아지는 어느 집 아이의 못다 한 말을 가져왔나

(그다음은 어떻게 됐어요, 여보세요 무슨 말이든 해보세요

가엾은 아이는 죽었나요, 강아지는 죽었나요, 새는요, 그래서 무사히 영원으로 영혼이 돌아가서 오래오래 행복했나요, 물어도

혀가 없어서 공중은 아무런 말을 할 수 없었어)

사방 천지를 뒤덮는 먼지들, 켜켜이 쌓인 먼지는 공중이라는 구멍으로 빠져나간 이들이 못다 한 말들

'공중'은 말이 없네, 말을 하려야 할 수 없네

새가 없네

아이들의 시신 옆에 산산이 쏟아진 먼지투성이 캔디를 맛볼 수 없네, 다 날아가고

혀가 없네, 똑바로 볼 눈이 없네

너와 눈사람과 나

*

출근길 아파트 현관 앞에 서 있던 눈사람이 퇴근길에 사라졌다.

눈사람은 저세상 차가운 영혼을 담는 함(이를테면 냉동 캡슐)이라던데

저세상에 또 한 사람이 죽었구나.

전쟁통에 아이를 잃은 적 있는 백수의 우리 할머니는 치매가 깊어지고서야 진실을 말씀하셨다. 이 세상에서 죽는 순간 저세상에 태어나고, 저세상에서 죽는 순간 이 세상에 태어난다고 당신의 엄마가 말씀하셨다는데, 할머니의 엄마도 자신이 한 말이 아니고 자신의 엄마의 엄마, 어린아이를 많이도 잃어본 엄마…… 그러니까 정확히 누가 한 말인지 모르므로 모두의 말, 요컨대

이 세상 저세상에 아직 죽을 사람이 많이 남아 있다는 것. 다만

이 세상에 이제 눈사람이 꽤 줄었으니 저세상에 죽을 사람도 줄었을까,

이 세상에 인구수도 줄어가니 저세상에 눈사람도 줄어갈
까, 하릴없는 그런 상념.

또 이런 상념.
지구의 기후와 눈사람과 산 사람 죽은 사람의 개체 수는
밀접하게 연결되어 있다.
마치 하나로 엮인 얼음 매듭처럼
우레로 내려쳐도 부술 수 없지만
어느 한 줄기라도 느슨해지면 맥없이 풀리고 만다.

오래전 내 첫 생일날 저세상에 누군가가
누가 시키지도 않았는데 차갑게 언 손을 호호 불어가며
만들어놓은, 나를 닮은 눈사람은,
나를 대신해 저세상 내가 있어야 할 자리에 존재하는 그
눈사람은
내가 이 세상에 살아가는 이 순간에도 고독하게 저세상에
서서 서서히 늙어 녹아가고 있겠지.

눈사람은 아무리 정성껏 만들어도 문밖에 고아처럼 버려

지기 마련이니까.

　그래서 슬프니까. 그렇지 않으면 하루도 살아갈 수 없으니까.

　그래도 슬프니까.

　그래서 나는 잿빛 하늘을 쳐다보면 생일날 문밖으로 내쫓긴 기분이다.

　그래도 저세상에 나를 닮은 눈사람을 만들어준 누군가는

　이 세상에서 나를 낳아준 부모도 아니고 너도 아니고

　나와는 지금도 앞으로도 영원히 모를 그 누군가, 그저 소중한 누군가를 이 세상으로 보낸 누군가다.

　그럼에도 이 세상에 남은 중년의 남자는 딸이 뛰어놀던 놀이터 가장자리에 눈사람 하나를 만들고 있다.

* *

　나의 눈사람이 서 있는 저세상 그 자리에 햇볕만이 온종일 흰 먼지처럼 흩날리겠지, 여기 키 작은 눈사람이 서 있는 한낮의 놀이터처럼.

저세상 누군가는 이 세상의 한나절을 일생으로 살듯

대개 저세상의 그 한나절 정도를 이 세상에서 살고 죽는 것이다.

시간이 지독히 느리게 흐르는 내 입장에서는 충분한 인생이다.

그래 놓고 이 세상을 뜨는 순간 나는 그러겠지.

일생이란 마치 한나절 같구나.

죽는 순간에야 얻게 되는 일생 가장 사실적인 깨달음이다.

상념에 잠겨 무심코 눈 무더기를 밟으니 우두둑 뼈 부러지는 소리가 났다.

볼이 빨갛게 언 너는 현관 앞에 서서 나를 원망스럽게 노려본다.

네가 저세상에 곧 태어날, 이 세상 위독한 누군가를 생각하며

두 손에 빨갛게 불을 켜고 만든 작은 눈사람이 나 때문에 그만 다친 채 쓰러져 있다.

그래도, 그래서 오늘은 네 곁의 아무도 죽지 않는다.

눈물 따라가보기
십년간

  널리 알려진 '눈물의 씨앗'이 맨 처음 심긴 곳에 한번쯤 가보려 한다. 그곳이 하늘 땅 바다 바람 속 어딘지 알 수 없지만. 예상 가능한 그 모든 곳이 아닌 곳이라도 이상할 건 없다는 것도 예상 가능하다. 아무튼 그곳에서 네 눈동자까지의 거리. 그 거리가 궁금해졌다. 씨앗으로부터 머나먼 너의 눈까지 닿아 너의 눈을 찌르고 눈 밖으로 웃자란 가늘고 투명한 그 우듬지. 우리의 눈물은 저마다 가장 높은 우듬지. 울고 있는 나무들과 죽은 이들을 포함하여 총 인구수의 두배 이상 될 그 우듬지들 중 세상에 단 한 줄기. 너의 '몸'을 한 이파리처럼 꿰고 웃자란 가지를 붙잡고 있으면 내가 어디로 딸려 가게 될지 알 수 없게 된다. 동시에 내가 어디로든 갈 것이라는 걸 알 수 있게 된다. 누구의 것인지도 모를 눈물의 첫 씨앗까지는 얼마나 걸리는 걸까. 세상 누구도 아직 운적이 없었을 때, 한 나무꾼이 한 나무를 찍어내다가 그날따라 악착같이 쓰러지지 않으려는 나무를 부둥켜안고 같이 운 곳. 우리가 그곳을 찾아야 하는 걸까. 우리가 만난 그곳. 이미 우리는 도착한 게 아닐까. 눈물의 첫 씨앗이 시간에 묻어 휩쓸리고 흘러 우리를 마중 오지 않을까. 마중 온 그 '아이'는 웃을까. 눈물처럼 투명하게 아이가 웃는다. 어디서부터 흘러내려 우리 둘 사이에 그렁그렁 고인 것인지도 모를 '아이'가 웃을까. 온몸이 다 눈물처럼 동글동글한 아이가 웃는다. 팔꿈치마저 동글동글한 아이가 웃는다. '혼자만의 방'의 고요 속에서 조금씩 천천히…… 길게 흘러내리는 눈물처럼 하루가 다르게 키가 자라는 아이가 어느새 우리 둘 사이에 도착해 울고 있다.

눈사람의 그림자

누가 던진 까만 돌멩이처럼 날아온 밤에 눈두덩을 얻어맞았다.

눈덩이에 그 돌을 주워 넣어 날아온 방향으로 힘껏 가능한 한 멀리 던졌다.

저만치 힘없이 굴러떨어진 밤이 도시의 하얀 불빛 위를 발길에 이리저리 차이며 스노볼처럼 밤새 커다랗게 굴려졌다.

흰 불빛이나 누가 꾸었던 하얗게 지워진 꿈으로 밤새 뭉쳐진 눈덩이처럼 환해진 밤은 그렇게 비로소 아침이 되었다.
아침의 하얀 몸통 위에
출근길 표정 없는 얼굴들이 얹혔다.
마땅한 표정이 매달린 눈 코 입이 필요했다.
그것을 찾으러 온종일 두리번거렸다.

햇빛을 뒤집어쓰고 온몸이 흥건히 젖었다.
한 걸음마다 푹 젖은 셔츠가 벗어 던져지듯 발밑에는 그림자가 떨구어졌다.

그 즉시 한밤의 진공청소기에 순식간에 빨려들었다.

낮에 빨아들인 그림자로 가득 찬 진공청소기가 어느 순간 불시에 비워졌다.

검게 뒤집힌 하늘에서 그림자들이 풀풀 떨어져 내려앉았다.

반면에 걸음을 옮길 때마다 그림자는 나를 내 키만 한 공중에 벗어놓았다.

나를 벗고 또 벗으며, 매일 벗으며, 평생 벗으며, 한없이 원 없이 벗으며 그림자는 지금도 가고 있다.

까만 그림자가 터덜터덜 밤으로 가고 있다.

수거되지 않은 '나'만 무수히 버려져 있다.

나는 그것들을 기억이라고 한다.

오늘 밤 아파트 뒤편 까만 산 너머 아득히 먼 산에서부터 수혈되듯 산불이 흘러오고 있다.

오래간만에 피가 돌듯 한밤 아파트 창백한 창 칸칸마다 기억처럼 꺼졌던 불이 다시 환히 켜지고 있다.

눈사람의 행방

너는 눈사람을 땅에 묻었다고 했다.

아침 출근길에 나는 네가 간밤에 흰 입김을 호호 불어가며 힘들게 만들어놓은 아파트 현관 앞 키 작은 눈사람을 그만 밟고 말았다. 우두둑우두둑, 내 발에 두번이나 연속해서 밟히는 눈사람의 몸에서 뼈 부러지는 소리가 났다. 함께 출근하던 너는 사색이 되어 눈알이 튀어나올 듯 나를 쏘아보았다. 막 눈사람에게 나를 소개해주려던 순간이었다. 설상가상, 무너진 몸에서 굴러떨어진 눈사람의 머리통이 내 발길에 차여 깨진 채 저만치 굴러갔다.

너와 나는 같은 회사에 근무하고 같은 시간에 퇴근했는데 너는 언제 그 눈사람을 땅에 묻었다는 것일까.

너는 햇볕의 색이 대체 무슨 색이라고 생각해?

글쎄, 레몬색?

흙색이야.

왜 흙색이야?

햇볕은 흙이니까, 원래부터 햇볕은 흙이니까.

뭐야, 세상은 무덤 속 같다는 말을 하려는 거야?

비슷하기는 하지만, 마음대로 생각해.

너는 흙흙 흙이라고 되뇌며 결국 울었다. 요컨대 너는 치명적인 부상을 입은 눈사람을 그대로 고이 둠으로써 햇볕이라는 세상에서 가장 가볍고 보드라운 흙을 덮어주었다는 것이다. 이후의 자연현상에 대해서는 짐작하다시피 되었다. 그림책만 한 빨간 카디건 한장만이 찬 바닥에 달라붙은 듯 온종일 그 자리에 그대로 떨어져 있고, 그것을 입고 있던 눈사람은 흔적 없이 고이 땅에 묻혔다.

너는 카디건을 주웠다.

나는 잠시 그 카디건의 주인이던 아이를 떠올렸다.

또 떠올리고 말았다.

대부분의 너
보자기 이론

나는 보자기다
언제 어디서든 보자기 한장으로 펼쳐져 있다
지구만 한 넓이의 공기로 짜이고 빛과 재와 어둠으로 수
놓은 보자기

'나'라는 한 인간의 형상은 지구를 싼 한장의 보자기 한편
이 그리움의 인력에 비정상적으로 잠시 뭉쳐진 것일 뿐
별 이유도 없이, 흐르던 대기가 모이고 뭉쳐져 잠시 소용
돌이를 만들듯

'나' 외의 나머지 '대부분의 나'는 지구 어디에든 '있다'
남은 보자기 자락으로 펼쳐진 채 세계를 덮고 무수한 사
람의 콧구멍 속으로 쉴 새 없이 드나들며 '무거운 마음'들을
싸고 있다
자연이란 거대한 콧구멍이다
콧구멍 속에서 보자기가 무한히 빠져나오는 마술, 그건
눈속임이 아니라 자연스러운 현상이다

바로 너도 마찬가지로 보자기다

돌연 나타난 비구름이 천둥 번개 비로 감정을 쏟아내듯

'너'라는 한 인간의 형상은 잠시 형성된 이상기류일 뿐

'대부분의 너'는 그런 '너' 밖에서 보자기처럼 얇고 넓게 퍼져 '있다'

'너'라는 공기 그리고 '너'라는 빛 재 어둠……

그러므로 언제 어디서든 '나'는 있는 그 자리에서 너와 키스할 수도 있다

먼 '너'로부터 늘 드리워진 보자기 한 자락이 잠깐 네 입술 모양으로 모이고 접혔다가

오후 네시의 아지랑이 혹은 새벽 네시의 서리처럼 공기 중에 스며든다

어느 날의 '너'와는 고작해야 서너시간 거리

거리만큼 생각의 인력이 가중되는데

거리가 멀수록 '대부분의 너'와 더 오래 키스할 수 있는데

어느 날의 거리는 비교적 가깝다, 사실 늘 애매하다 우리는, 서로 전력으로 그리워하기에는

만약 네가 지구 둘레를 시계 반대 방향으로 돌아 '나'와 지구 정반대 편에 있다면, 밤낮이 바뀌는 정도의 시차가 생긴다면?

그 시차의 인력으로 인해 마치 곁에 누워 잠든 너의 몸을 빛처럼 얇은 보자기로 덮은 듯 선명히 형상화되는, 그리운
너의 입술 너의 눈 너의 코 너의 귀 너의 손을
꼭 잡고, 기억이라는 체온도 느끼며
'너'에 대한 생각이 어느 정도 공기 중에 기화할 때까지 충분한 시간을 보낼 수도 있을 것

만약 지구 반대편의 네가 내게서 더 더 멀리 시계 반대 방향으로 돌아
지구 한바퀴를 다 돌아 내 왼쪽 바로 옆에서 나를 보고 있다면?
네게는 세상에서 가장 무거울 내 '마음'을 싼 보자기처럼
네가 옆에 놓여 있다면?
하루 이상의 시차는 생사가 엇갈리는 시간
너의 입술 너의 눈 너의 코 너의 귀 너의 손은 발인 날의 새벽처럼 차다

대부분의 너는 공기 빛 재 어둠……

너의 '몸'은 마음보다 투명하고, 마음처럼 잘 흩어지고,

마음만큼 알 수 없는 형상으로

샛강에 떠내려가는 배내옷처럼

내가 던진 '너'라는 '보자기 한장'

오늘도 왼편으로 지구 한바퀴를 돌아

지구상에서 가장 먼 옆에서,

하루 정도의 생각, 약 하루만큼의 인력으로

오래전 어느 날의 네가

오늘의 내 왼쪽 바로 옆, 약 지구 한바퀴 거리에서

가만히 나를 본다, 지구의 둥근 밤에 가득 찬 공기의 부피

보다

커다란 네 눈동자에 비 눈 물이 찬다

오늘도 내 '생각'은 그 '대부분의 너'를 싼 '보자기'다

마음 이사

스스로 낳은 갓난아이를 산 채로 파묻은 뉴스를 보다가 이사를 결심했다.

마음이 좀 어떠냐고 네게 물었고,

마음이 텅 비었다고 너는 말했다.

마음속 집기를 누가 다 빼내 가버렸다고.

'살아 있는 상태'에 대한 세간의 개념과 오해를 접하지 않은 채, 아이가 '차원 이동'했다면

이곳만 아니라면 어느 곳에든 영원히 행복하게 오래오래 살아갈 수 있지 않을까, 그런 '바람'이

눈물 떨군 시집 페이지를 찢어버릴 듯

거칠게 창문을 흔든다.

마음의 주름에 흙먼지가 잔뜩 낀다.

냉장고나 옷장처럼, 상단에 세월에 마땅한 정량의 먼지를 뒤집어쓴 마음들과

먼지 묻을 새 없이 매일 씻기는 식기들.

발에 차일 만큼 곳곳에 널브러진 집기들.

읽다가 엎어놓은 시집, 페이지 사이에 키 높이로 고여 있

던 물이나 가스처럼 가득 차 있던 잠이 우리를 삼켜버릴 듯 덮쳐

읽다가 그 페이지 그대로 쪽문을 열어놓듯 펼쳐놓은 시집들.

만약 우리의 시 속에 아침이 오지 않는다면?

새로 분양받은 시집 속을 다녀왔다.

오래도록 미분양 상태인 시집 속은 텅 비어 있었고, 모서리마다 누렇게 변색되어 있었다.

아이의 방은 누수로 발목까지 물이 차 있었다.

거실 베란다 유리창에 어린 슬픈 현실이 비현실적으로 비치는 커튼 같은 얇은 햇빛이

썩 마음에 들었다.

우리 상해가는 마음의 병실로.

마음이 좀 어떠냐고 너는 내게 물었고,

각자 '마음'을 한번 꺼내보자고 나는 말했다.

이사 온 '시집' 속은 '마음'을 장기처럼 적출했다가 원하면 상대의 것으로 바꿔 이식할 수도 있는 곳이니까.

그런데 마음의 문을 열어보니 네 '마음'이 없었다.

네 마음을 아프게 한 누군가에 의해 땅에 파묻혔고 아직 돌아오지 못했다.

내가 한번 안아보지도 못한 갓 난 네 마음,

어쩌면 말도 안 하고 죽은 아이를 따라갔을 가능성도 있다.

돌처럼 단단하고 무거운 마음이 몸 안의 제 위치를 빈틈없이 막고 있어야 평소 눈물이 누수되지 않는다.

그새 아이의 방은 누수로 무릎까지 물이 차고 있다.

점점 수위가 높아져 한 발자국 내딛는 것도 어렵다.

울지 말자, 마음이 빈 걸 티 내지 말자, 혹여 죽은 아이 따라간 마음을 애써 서둘러 찾아오지 말자.

우리는 어릴 적 이후 처음 새끼손가락을 걸었다.

밧줄의 연장된 한 매듭처럼.

네가 잠든 사이

네 '마음'을 제자리에 찾아다 놓고

네 '마음'을 아프지 마라, 아프지 마라, 문지르면

네 ‘마음’을 떠날 수도 마음대로 죽을 수도 없는 램프의 요정이 나타나 소원을 들어준다.

　가장 먼저, 마음이 아파 두고 온 이삿짐을 눈 깜짝할 사이 여기로 옮겨달라 할 것이다.

매일 내 마음을 낳아주는 새가

도망간다
왜? 그렇게 힘들었니?
아니라는 말도 없는 마당의 닭을
대신해서 햇볕이 빗자루처럼 나를 쓸어 담는다
나를 어디로 쓸어 담는 거지?
온몸이 눈썹인 햇볕이,
온몸이 날개인 햇볕이 나를 '미래의 나'로 쓸어 담는다
미래, 그 말 요즘 유행이니? 그런 게 우리에게 있니?
그건 그저 수십년 된 당신의 이름일 뿐

우리 마음을 당신도 나도 모르던
지난겨울 잠든 당신의 속눈썹을 하나하나 세어보았다
그래서 몇 올이었더라, 그때는 생각 못했는데
미래, 공교롭게 우리 함께한 개월 수와 같다
이제, 우리도 당신도 미래도 없다

닭은 아무도 몰래 구름 속에 내 마음을 알처럼 낳고
어차피 누군가 꺼내 갈 알처럼 방치하듯 두고 다니다 내
게 왔고 아무도 몰래

구름 속으로 돌아가 알을 품고 그때마다

쌀알만 한 눈이 알처럼, 쥐도 새도 모르는 마음처럼 커다

래지고

모를수록 마음은 미래처럼 막연해서 커지기 마련

너무 커지지 않도록 매일 한알씩 꺼내 먹는다

아무 모서리에다 톡톡 깨서 부쳐 먹고 삶아 먹고 날것으

로도 먹는다

그날에 가장 커다랗고 단단한 눈물 같은 알을 먼저 몰래

꺼내 먹는다

그러다가 당신이 저세상으로 떠난 사흘 사이 방치된 알

그날 마음을 깨고 나온 몸보다 커다란 입, 입을 벌리고 나

온 입보다 커다란 울음, 그 울음을 찢고 울음보다 커다란 기

억을 울컥 쏟으며 태어난 마음의 무녀리를

온몸으로 듣고 보고 만지며 닭은 알고 있다

당신은 죽었다가 매일 살아나,

아픈 마음을 알처럼 품고 앉은 내 앞에 쪼그려 앉아 말

한다

내 마음을 낳아주는 닭아
내 마음을 닦아주는 닭아
너는 이제 새지? 이제 누가 뭐래도 내 젖은 손수건 같은
새지? 새야!

내가
새가 되자마자
훨훨 도망간다

많이 힘들었지?
아니라는 말도 못한 나를 대신해서 햇볕이……
아니야, 아무것도 대신할 수는 없는 거야
그럴 수 없어, 그래도 햇볕만이 다사롭게
미래의 껍질을 깨고 나온 내 시름시름 앓는 기억의 병아
리를 도로 미래의 시커멓게 빈 마음받기에 쓸어 담는다

누구도 아무것도 대신할 꿈도 꾸지 않고
나는 매일 당신이 일용할 마음을 알처럼 낳는다
이제 아무 데도 가지 않는다

매일 네가 야위어가는 지구과학적 이유

*

물 한 잔 떠 오는 사이
너는 책장 한 페이지 정도 야위었다
허공을 휘저어 손에 넣은 한 줌 산소와 수소의 무게쯤
그것은 밤사이 지붕 위에 약 몇초간 흩날린 눈발만큼의
무게도 되지 않지만
매일 쌓인다면?

내가 떠 온 물 한 잔 마시면
너의 몸은 물 떠 오는 사이 야윈 만큼 잠시 불어났다
너의 몸은 먼 파도처럼 밀려갔다 밀려왔다
너의 몸은 밀물과 썰물을 한장씩 이어 붙인 책이다
너의 안색은 젖은 백지처럼 얇고 하얗다

기억처럼 페이지를 넘길수록
자꾸 야위어가는 너를 계속 보고 있으면
자꾸 야위어가는 이유를 모르겠다

보통 도무지 모르겠다는 것은
인정하고 싶지 않을 뿐 사실 알고 있다는 것
너는 너의 살갗을 한장 한장 뜯어 시를 썼고
그것으로 무엇이든 접어 하늘 땅 바다 바람에 띄워 보냈다

넘어간 페이지들이 떠돌고 있을 하늘 땅 바다 바람……
남겨진 페이지들처럼 야위어가는 너

종이로 보통 생각보다 다양하고 많은 것을 접을 수 있듯
너의 시를 읽은 기억이라도 한장 한장 모아보니 제법 두
툼하다
그만큼 너는 야위었다, 이 하늘 땅 바다 바람 속에서
낱장의 책장처럼, 낙엽처럼 너는 흩날린다

너를 어떡해야 할까, 바람에 밟혀도 바스락 부서질 것
같은
너를 그저 한가롭게 무릎에 펼쳐 안고 시만 읽어줘도
사라지지 않을 수 있을까

* *

너의 몸 어디든 손을 올려놓으면

순간 내 손이 물에 잠기는 돌덩이처럼 무거워진 느낌

그동안 그렇게 무심결에 잠긴 무수한 내 손들을 싣고

밀물이 지구 끝에서부터 밀려와서 텅 빈 해변을 텅 텅 때
리는 소리!

그리고 썰물이 빠져나간 해변처럼 텅 텅

너의 몸이 빠져나간 너에 대한 기억 위에 쓴다

선잠 위에 떠 있는

눈꺼풀에 달라붙은 얇은 햇빛의 무게만큼 지구는 매일 야
위어가고 있어. 그 햇빛의 무게가 한 계절 동안 빠진 만큼이
니, 너는 십이 킬로그램쯤 야위었어. 죽은 아이의 몸무게만
큼 빠져나갔어. 그것이 네 영혼의 무게였어.

바다는

내던져도 깨지는 일 없는, 물결처럼 우그러진 거울이며

보풀 같은 포말이 쉼 없이 피어나는, 지구가 걸친 코트이며

코트 안쪽 주머니 속에 꽂힌, 파도를 모두 묶어 만든 시집이며

　바다 저편 전쟁 폭음처럼 파도 소리가 먼저 덮쳐오는데
　나는 무모하게 무방비로 햇볕의 끝단과 바다의 끝단을 기워 붙인 곳까지 너를 업고 달려갔어
　먼저 온 파도 소리의 꼬리를 잡고, 건물만 한 진짜 파도가 밀려오는 순간을 기억해

　사실 파도가 밀려오는 게 아니라
　육지가 우리만 그 자리에 남겨두고 눈 깜짝할 사이,
　내 걸음으로 한 열두 발자국쯤 뒷걸음치며 밀려가는 것이라는 걸 뒤늦게 깨달았으나
　그 깨달음의 무게 때문에 나는 그 자리에서 꼼짝없이 신발이 다 젖었지

　그래도 네 신발이 젖지 않아 다행이다
　그런데 지구가 자꾸 야위어서 걱정이야
　너는 영혼처럼 너무 가벼워서

밀려온 파도를 옷자락처럼 실수인 듯 밟으면 어쩌면 파도
도 그 핑계로 이제 그만 멈추지 않을까,

그런 물속 같은 상념에 잠겨

호젓한 해변의 소나무 숲에 해먹을 걸고 누워만 있어도

나와 너는 바다로 밀려갔다 밀려오고 있었다

파도처럼, 기억처럼

미래 그림
원근법

시력검사표 앞에 있다고 생각해보자
3 5 7 0 6 2 9 ☾ ☀ 4 3 8 ↑ ✈ ✄ 🚗 🐚 ……
누가 응원하는 것도 아닌데 마지막까지 안간힘을 써도
끝내 식별할 수 없던 한 점
그 한 점으로 빨려들듯 수렴되며 뻗은 기억의 거리에서
가장 먼 과거의 너는 맨 앞에서 걸어가고 있다
가령 십년 전의 네가 수백 미터 앞에서 걸어간다
네 뒤를 오늘 오전의 내가 멀찌감치 따라 걷는다
따라 걷는다고 표현하는 게 맞을까, 만약 그림 속이라면
십년 전의 '너'를 나는 구두점처럼 작지만 선명히 기억하
고 구체적으로 그려볼 수 있으니까 그건
'맞다 그 말도'라고 말하는 것과 비슷하다
'그 말도 맞다'라고 하는 대신에
시간은 단지 각각의 상대적인 원근감이다

한달 전의 네가 내 뒤를 졸졸 따라온다
하루 전의 내가 오늘의 네 뒤를 놓칠세라 열심히 따라간다
온통 과거뿐이로군, 그건 너무 지겹다고 말하는 건 원근
법을 몰라서다

당연하게도 하루 전의 나에게 오늘의 네가 미래인 건 사실이니까

미래는 과거 속에서만 원근법의 형태로 표현된다

여러 시간의 배합일 뿐 처음부터 미래라는 물감은 살 수 없다 팔지도 않는다

미래의 좌표라면, 네가 오늘 오전 공원 벤치에 떨어뜨린 것 같으니

어제의 나에게 오는 길에 대신 좀 찾아오라고 부탁하던 카디건 같은 것

떨어뜨렸는지 아닌지도 불확실한 붉은 카디건 같은 미래는

태어나자마자 너무 오래 걸치고 있어서 몸속에 핏줄처럼 흡수되지 않았을까

신이라는 노숙자의 외투처럼 도심 한가운데 툭 떨어져 있는 비 갠 공원에

보풀처럼 잔뜩 돋아 있던 비둘기들이 고양이의 습격에 흔적도 없이 날아간 미래

미래란 어디로 튈지 모르는 탁구공만 한 비둘기의 머릿속

에 든 기억과 시간이

　고양이의 그것과 뒤섞여 새로이 배합된 색깔을 얻은 공원
이라는 외투 같은 것

　불확실하지만 십년간 한번쯤 떨어뜨린 것도 같은 붉은 카
디건이 정말 구두점처럼 저 앞에 있다, 내 원근감의 가장 끝
단에

　사실 나는 그 점만을 보고 걸어가고 있다

　꼭 그걸 찾아서 원근법 속 가장 멀리 그려진 너와 어깨를
겯고 마주 보기 위해서

　가까이 갈수록 붉은 점은 점점 멀어지고 심지어 원근법을
무시하며 커졌다

　지구의 둥근 지평면에 한 점으로 떨어져 있던 머나먼 카
디건이 매일매일 노을로 번졌다

　네가 떨어뜨린 붉은 카디건은 노을에서 한 점 떨어진 것
인지 카디건에서 노을이 번진 것인지 그저 노을인지……

　원근감 너머로 열심히 왔는데 우리 사이 미래라는 거리가
좀 좁혀졌을까

이제는 우리도 나란히 걷는 그림을 그려볼 수 있을까

내일의 일은 까마득히 멀다, 십년 전의 일은 코앞처럼 가깝듯

십년 전의 네가 나를 향해 플래시를 비춘다

그제야 인기척을 느낀 듯

붉은 카디건을 발견한 듯

미래의 아이들은 지금 어디서 무얼 하고 있을까

마중 왔던 아이들

*

미래에서도 빙수는 먹고 싶은 아이들을 위해 지구는 빙
수기처럼 자전한다 사월의 눈이 내린다 잠시 흩날리던 빙
수들이
　공중에 스며든다 어린 공중들의 작은 입속으로 들어간다
　미래의 아이들을 지금의 아이들이 자꾸 따라간다

* *

　침대에 누워 창문에 맨발을 대어본다
　초여름의 바닥에 침전물처럼 남은 늦봄의 부스러기가 맨
발에 밟힌다
　발목까지 감기고 차올라 발목이 지느러미처럼 흔들린다

　아이가 남긴 눈물은 방 모서리에 헬륨 풍선처럼 떠 있다
　풍선 속의 헬륨을 한모금 삼키니 아이의 목소리가 새어
나온다

미래는 죽은 우리 강아지 이름이잖아
미래는 언제 태어났어? 얼마나 살고 얼마나 죽었어?

얼마나 살고 죽었나 고요히 손가락을 접고 있는데, 오랜
만에
　뒷산 산책 나와 신이 난 미래처럼 저녁이 나를 끌고서 나
보다
　먼저 저만치 달려간다 불시에
　멈추고 콧구멍을 무덤에 박으면서, 따라잡았다
　싶으면 순식간에 멀어진다 미래는 아이들을,
　아이들은 미래를 한결같이 좋아한다
　미래 주위에 늘 아이들이 모인다
　그래서 불시에 덮치듯 제공되는 막차를 타고 망설임 없이
아이들이
　아이들이 무수히 먼저 떠난, 미래가 있는 곳으로 떠났다

* * *

　미래는 모험 가득한 놀이동산일까, 빙수로 만든 성에 모

닥불을 피우고 캠핑해도 바이킹처럼 배가 뒤집어져도 괜찮은

컴컴한 귀신의 집 밀실에서 도망도 못 가게 의자에 결박되어 있는데, 새엄마의 탈을 쓴 도깨비가 몽둥이를 들고 쫓아와도 괜찮은

미래는

미래로

한번 돌아보지도 않고 미래로만 자석처럼 달라붙고

다 왔다 싶으면 자꾸 떠나고 없는 미래는 이 '아이'의 몸으로는 영원히 갈 수 없다는 걸 아주 착한 아이만 볼 수 있고 알 수 있지

* * * *

또다른 한 아이가 인도를 넘어온 취한 흰색 승용차를 잡아타고 '미래'로 출발한다

오빠가 다음 달에 선물해줄 침대가 배송되어 있는 미래

바쁜 엄마가 또다시 태어나 당황해 죽을 듯 우는 미래

밀린 잠을 자는 미래

죽어도 곁에서 자는 미래

솜털이 바람처럼 아름다운 죽은 우리 강아지,

다시 입양해 키우는 '미래'로

조종석에 앉아 호흡기를 쓰고 회차 없는 조건으로 출발

한다

다시는 미래 없는 여기로 돌아오지 않을 것이다

밤에 걸린 달력

밤에 건물이 달력처럼 적막하게 걸려 있다
달력을 오래 보고 있을 때는 늘 적막하다

열두개의 건물로 이루어진 단지

불이 켜진 칸과
불이 꺼진 칸,
불이 꺼진 어떤 칸에 불현듯
불이 나는 날이 있다

밤과 밤이 부싯돌처럼 부딪친다

낮이 켜졌다 금세 꺼진다

부질없는 바람이 불고, 영문 모를
불이 순식간에 다른 칸 창문으로 번진다

사이렌 소리를 내며 달력 한장이 송두리째 활활 탄다
불타는 달력을 보며 빠져나온 사람들은 발을 구른다

내 기억이 타 죽어가는, 불난 날짜로 뛰어들려는데
거기서 방화복을 입은 네가 고개를 저으며 뛰쳐나온다

기일과 생일이 잔뜩 입주한 밤에 걸린 달력을,
그을린 달력을 아직 떼어버릴 수 없어
바람 없는 날을 잡아 한장씩 살피고 태우기로 한다

별의 수

별수 없이 다시라고 할까, 벌써라고 할까, 나비의 계절
　손톱만 한 나비 한마리가 세상의 모든 일초간의 봄볕을
훑어 매달고 간다
　나비의 날갯짓마다 '잘 가'라는, 산산이 부서진 단어가 일
초마다 꽃가루처럼 떨어진다
　창문마다 뽀얗게 연노랑 꽃가루가 앉으면 닦고 앉으면 또
닦고 끝없이
　잘 갔나요? 네? 잘 갔어요?
　잘 가려면, 그나마 덜 외로우려면 봄에 가야 한대요, 저 나
비 따라서 볕 한 자락에 감겨 가면 온점 같은

　별이 된다, 혹자들은 여기서 떨어진 거리를 무시하고 마
구잡이로 이어서 별자리로 부르는데 다 엉터리 거짓말
　차라리 거리까지 적용해서 별의 모서리를 모조리 이으면
네가 지금 생각하는 그 한 사람의 몸이 된다는
　우주적인 거짓말이 통하면 좋겠다던 너도 별수 없이⋯⋯

　별의 모서리를 이으니 그렇게 네 몸의 윤곽이 드러났다
　별의 첫 모서리 너의 정수리에서 이은 모서리 너의 눈, 그

다음 너의 코 귀 입 목 가슴 어깨 팔꿈치 손목 손끝이 다 같이 힘을 합쳐

끌어안은 무릎 속에 곧 명멸할 별이 든 듯 아파 걸을 수도 없었겠다

마지막으로 이을 모서리인 별의 발은 너를 올려다보는 바로 나의 얼굴, 마음이 발처럼 퉁퉁 부어 있는 나의 몸

잔뜩 매달고 있던 이파리들을 싹 다 떨구고

올해는 봄이 와도 빈 몸인 포플러나무 무수한 가지들이

가리키는 각도마다 각각의 다른 시간이 흐른다는데

일초 전

나는 세상 나비의 수가 별의 수와 일치한다고 주장했다

세상의 모든 일초간의 봄볕을 걷어 발목에 매달고 사라진 나비 한마리는

눈 깜짝할 사이 어느 가지가 가리키는 끝으로 갔나

나비의 퉁퉁 부르튼 발인 내 '몸'이 꽃가루처럼 떨어져 묻어 있는 여기는 어느 누구의 창문이고 또 몇시쯤일까

누군가 창문을 닦는다 또 닦는다

살아 있는 느낌이라는 오해

　지구는 그림자라는 수십억개의 혀를 가지고 있다

　매일 그림자로 지표(地表) 위 우리의 몸을 막대 사탕처럼
지루하도록 천천히 빨아 먹고 있다

　땀을 뻘뻘 흘리며 너와 함께 몸 없이 땅에 묻힌 그림자들
을 찾아다녔다

　우리는 가는 숨소리나 울음소리 무게의 손바닥만 한 작은
그림자들을 찾았고, 각자 발끝에 달고 다니는 그림자 주머
니에 나눠 담았다

　발끝이 무거워지는 저물녘이면 우리의 그림자는 한 쌍의
연 꼬리처럼 길어져 땅에서 너울거렸다

　그날은 땅속처럼 까만 밤도 밤새 너울거렸다

　그럴 때마다 우리는 어쩌면 땅속에 무한한 창공이 펼쳐져
있다는 확신에 가까운 추측을 한다

　만약 지표로부터 겨우 자유로워진 그림자들을 찾아다니
는 거라면

　우리가 괜한 짓을 하는 건 아닐까, 점점 가슴이 막히고 숨
쉬기 어려워지는 여기가 우주의 땅속 매장지가 아닐까?

　슬픈 표정으로 너는 늘 내게 물었고,

첫날의 울음 주머니를 다 비우지도 못하고 묻힌 작은 그
림자를 거둬 마음 주머니에 담고 시를 쓰거나 음식을 할 때
　그림자 기록자인 우리는 '살아 있다'는 의심스러운 느낌
에 대해 항상 고민한다
　그것은 단지 신뢰할 수 없는 종교적 믿음에 가까운,
　오해일 가능성도 없지 않은 희망 회로 같은 느낌이 든다
　세세연년 집단 최면처럼 우리가 살아 있는 느낌을 가지게
하는 이 조롱 같은 지구 공간은 우리를 새처럼 창공에 자유
롭게 '가둬놓고' 있으니까

　태명조차 얻지 못했으니 태어나 살았던 단 하루도 '아이'
가 되지 못했다는 어느 아이의 소식이
　네가 어제 밤새 쓴 '시' 속에 알려지기까지
　생일 케이크가 촛농으로 다 덮이도록 촛불이
　시를 쓰며 여독이 올라 하루가 다르게 야위어가는 너의
얼굴에 움푹 파인 두 볼과 뾰족한 콧날을 다시 그려 넣는다
　어미 개가 길고 따뜻한 혀로 조산한 새끼를 핥아주듯
　촛불이 우리의 그림자를 길게 내밀어 우리를 핥아준다
　우리는 잠시 살아 있는 느낌을 받는다

새벽 폭우

*

인간이 살아 있는 한 폭우는 영원히 계속된다,라고 유리
이빨을 드러내며 창문들이 외친다 이가 시리다 폭격 직후
차갑고 적요한 새벽의 흐느낌 속에 한 외계인이 앞으로 나
섰다 그는 우리가 자신을 탈영병 정도로 생각할 것이라고
생각했겠지만, 아는 사람은 다 알고 있다 그런 그는 스스로
외계인이라고 고백한다 오랜 행군과 폭격으로 이형(異形)
의 슈트조차 다 타버린 벌거숭이 외계인은 흡사 완전군장에
온갖 장비를 갖춘 군인의 모습을 하고 있다 군용 헬멧과 전
술 고글을 쓴 듯 커다란 두부(頭部), 누가 보더라도 외계인
인 외계인은 외계인이라 고백하고 흐느끼며 너덜너덜한 슈
트를 벗었다 눈물로 범벅이 된 얼굴을 한 작은 아이가 모습
을 드러냈다

* *

우리 회사가 내전 중인 지구를 개발할 만한 가치가 있을까
차라리 지구가 지상의 인간이 뒤섞이지 않은, 처음부터

전부 바다였다면 좋았을 것을, 그랬다면 가치 판단이 쉬웠을 것이고 나는 이 지상에 파견된 '외계인'이 되지 않았을 텐데

　나는 외계인이다, 외계에서 온 건 부정할 수 없다
　부모 없이 살아남은 저 작은 아이들처럼

　이제 나는 그만 '외계인'을 벗으려 한다, 즉 퇴사

　'외계인'

　벗어던졌다, 지구에서 통용되는 뜻으로는 '어른'이다
　그것은 전장의 시신처럼 길 한편에 덩그러니 버려져 있다
　어제 새벽 폭격에 '밤' 하나가 송두리째 날아가버렸다
　하얀 벌거숭이 아침이 오기 전까지, 그때를 틈타 나는 그만
　'외계인'을 방진복처럼 벗어버렸다, 지구상에는 먼지가
너무 많지만

　나의 오랜 신분이었던 '외계인'은
　백주에 드러난 귀가 그을린 토끼 인형, 긴 팔이 뽑힌 원숭

이 인형, 하반신이 잘린 변신 로봇, 뚜껑이 날아간 압력밥솥, 입술이 뜯긴 듯 넝마가 된 커튼 사이 날카로운 유리 이빨을 드러낸 창문들, 다리 셋 달린 의자, 그밖에 기타 등등처럼 덩그러니 한편에 놓여 있다

아무도 줍지 않는다, 수습하지 않는다

그런데 한 아이가 '외계인'에게 다가간다

살아남은 그 아이와 친구가 되었다

'외계인'을 벗자 나는 아이처럼 작아졌다, 아이가 되었다

내 옆에서 친구는 버려진 '외계인'에 걸터앉아 주소도 없는 전선에 동원된 아빠에게 편지를 썼다

아빠 새벽에 폭우가 내렸어요 외계인이었다고 주장하는 한 아이를 만났어요 불쌍해요 불쌍한…… 나는 잘 있어요 잘 있는 거죠?

"폭우가 아니고 폭격이야"

라고 단어를 수정해주지 않았다

왜냐하면 우리는 그 정도는 눈감아줄 만한 친구이니까

우리는 폭격을 폭우로 순화하여 쓰기로 했다

매일 새벽 폭우가 쏟아졌다, 처음에는 놀라며 떨던 우리도 오래지 않아 가능하다면 우산 정도 준비하자는 마음이 되었다

우산의 숙명은 분실이다

우리는 분실된 우산이다

* * *

영혼의 단짝이 된 그 아이와 세계를 먼지바람처럼 떠돌다가 한국이라는 나라에서 잠시 머물던 중의 일이다

백주에 만취한 운전자의 차량이 우리를 덮쳤다

한국의 아이가 된 지 십여년 즈음의 일이다

폭우다 폭우! 친구가 소리쳤다

모두들 각자 본능에 따라 흩어졌다

지난 회차의 생에 외계인이던 오랜 경험과 본능대로 나는 죽은 듯 쓰러져 있었다

죽은 사람들 사이에 내 친구도 있었다

몸이 돌이킬 수 없이 상한 아이는 그때도 멀쩡한 한쪽 손

으로 편지를 썼다

　엄마 방금도 폭우가 내렸어요 안녕하시죠 저는 안전지대
로 피신해 있어요 그래도 십년간 살아남았어요 걱정 마세요
더이상 죽을 일이 없어요 아무리 불시에 폭우가 내려도 더
이상 떠내려갈 데가 없네요

* * * *

　모두가 잠깐 지나가는 폭우라고 했지 폭우는 지나가야 마
땅한 거고 차라리 폭우가 지나가지 않고 머문다면? 지구는
백 퍼센트 바다가 되었겠지 그렇게 되면 이미 은하의 외계
인들이 탐낼 만한 행성이 되었을 테고 그랬다면 나는 여기
로 태어나지 않았어도……
　더이상 외계인이 아닌 나는 전직 외계인처럼 상념에 잠겼
다가 깜짝 놀랐다
　직업의 관성을 떨쳐내는 건 어려운 일이다
　나는 오늘의 업무 일지를 꺼내 기록했다

평화로운 백사장으로 갑자기 기어오른 백상아리처럼, 방과 후 인도 한가운데 상어 이빨을 한 차창은 웃는 건지 우는 건지 알 수 없는 표정 그 자체로 위협적이었으나 그저 배고픈 유리 이빨이어서 죽은 물고기처럼 피 냄새 머금은 비릿한 공기 말고는 물고 있을 수 있는 것이 없었다 은퇴한 외계인이 만취한 채 외상 없이 기어 나왔다 반파된 자동차 앞 유리 이빨 사이에 끼여 빠지지 않는 바람 자락에 한 아이가 매달려 나를 기다리고 있다

그 아이는 잠시 이별할 내 친구가 맞다

새에서 울음까지*
어른이 아닌 모든 것

내가 잠시 새였을 때부터 갓난아이의 울음이 되기까지의 이야기다. 하루하루 구름 위를 걷는 시간을 보내고 있었다. 눈에 보이는 것만 보고 떠오르는 생각만 하면 되던 자연 그 자체의 시간들. 눈부신 환한 빛을 보았고, 고민하고 생각할 것 없이 나는 그저 아름다운 모서리를 향해 전속력으로 날아갔다. 아쉽게도 나는 창문에 부딪쳐 '새'를 잃었다. 새가 참 좋았는데 나는 갑작스레 새를 잃고, 대신 내가 부딪친 창문에 약간의 온기로 묻었고, 인간의 손가락 한 마디쯤 되는 실금이 되었다. 예기치 않은 죽음에 놀라 나는 본의 아니게 희미한 균열이 된 채, 일년 내내 정말 죽을 뻔할 때마다 링거액처럼 떨어지는 빗방울을 맞고 해와 달의 빛을 홑이불처럼 덮으며 버텼다. 새였거나 그 이전에 나무였을 때처럼, 실금이 되어서도 나는 그사이 키가 자랐다. 뇌사자의 키가 자라듯, 나는 창에 가만히 어린 빛처럼 숨만 희미하게 쉬며 지냈다. 일년이 지나 죽음을 예감한 어느 날 새벽, 나는 우연히 창문에 달라붙은 첫서리가 될 수 있었다. 첫서리가 되어, 지난 일년간 내 육체였던 낡은 창문과 겨울나무 우듬지처럼, 가늘고 길게 웃자란 실금을 아침 해가 뜰 때까지 꼭 안아주었다. 그리고 햇빛으로 기화한 나는 구름이 되고 첫눈이 되고 무수한 눈송이 중의 한 눈송이가 되어 다시 그 창문에 내려앉았다. 창문은 사흘 동안 내리는 눈들을 다 보고 나서야 창틀까지 쌓인 눈처럼 하얀 재가 되어 허물어져 내렸다.

그날 태어난 한 아이는 제 몸에 처음 감기는 배내옷이 서리처럼 차가울까. 그 언젠가는 한 아이가 될 수도 있는 나로서는 못내 궁금하기도 해서 마을을 떠나기 전에 갓난아이의 순한 울음이 되어보았다.

＊시 「안부」의 후속편.

생일

간빙기가 끝나가도록 나무 등을 이 세상에 탐침처럼 무수
히 꽂아놓고 정작 태어나는 걸 망설이는 것들이 있음, 끝내
  태어나지 않는 것들이 이 세계에 내밀고 있는 맨 *끄트머*
리로만 채워진 지금 여기

나뭇잎이 새의 부리라면 나뭇잎이 다 떨어지도록 태어
나지 않고 세상 너머에 버티고 있는 그 무수한 새들의 어떤
이유
  나뭇잎을 흔드는 또 하나의 몸통으로 바람이 유력하지만
  나뭇잎을 흔드는 몸통이 새와 바람뿐인 것만은 아니지만
명백한 것은 그것은 태어나지 않고 흐르지 않는 시간에 싸
여 있음

나는 어떤 몸통의 맨 '*끄트머리*'일까
  불안, 권태, 눈물이라는 몸통에 대해서 어느 정도 알고
있음
  언제쯤 나는 온전히 태어날까, 슬픔의 완전체로 태어날까
  내가 죽기 전에는 태어날까

네가 죽기 전에는 태어날까

'너'는 태어나지 않고 버티고 있던 또 하나의 내 몸통이었다는 걸 알고 있음

한 시절 내 얼굴에 갖은 표정들을 새순처럼 밀어 올리던

몸통인 '너'로 하여금 나는 단 한번 온전히 태어나보았다는 걸 부정할 수 없음

시간은 흐르고 나는 '너'라는 무정한 나의 몸통을 도로 시간이라는 흐르는 땅에 묻었음

언젠가 내가 죽는 날은 진짜 죽는 날이 아님

단지 내가 계속 다시 태어나기를 끝내 포기하는 날일 뿐

낙엽이 어디로도 가지 않고 그대로 새와 바람에 스며들듯

보이지 않는 몸통인 '너'의 온전한 일부가 되는 것임

오늘은 이 글의 여기까지가 시라는 몸통의 맨 끄트머리

이 끄트머리가

낙엽처럼 시들기를, 낙엽처럼 떨어져 밟히기를

바람과 하늘과 새와 시와 너라는 몸통으로 돌아가기를

바람

소년이라는 파편

밤 밤 밤

공중에 수백기의 미사일이 정물처럼 떠 있다

손금처럼 촘촘한 미사일 방어 시스템의 간섭으로 밤, 밤,
밤, 굉음을 내며 요격된다 그렇게 밤은 무너진다

하늘에서 불놀이 꽃놀이 중이다

아이들 아이들이 몰려든다

아이들이 비상경보처럼 사방에서 몰려든다

그중 미사일 한기가 아군이 자랑하는 돔을 뚫고

불발된 불꽃놀이 스틱처럼 그을려 지상으로 낙하한다

그 자체로 커다란 한밤의 파편인 미사일이 지상에 부딪
치고

마을 아이들의 숫자만큼 조각조각 나뉘고

그중 파편 하나가 소년의 복부에 박혔다

이제 소년이 하나의 파편이 되었다 그을린 마을에 깊이
박힌

소년이 서 있던 곳,

소년의 형상을 한 작은 공중이 소년 대신 서서 철철 피 흘
린다

소년이 된 공중, 백사십 센티미터의 공중이 된 소년

공중의 발치에 고인 피처럼 소년의 작은 몸이 검붉게 바닥에 흐르고 있다

번지고 있다 소년의 몸이 점점 커지고 있다

문제라면 정작 쓰러져야 할 공중은 피를 아무리 많이 흘려도 쓰러지지 않는다

공중이 쓰러지지 않아 하루하루 계속된다 불놀이 꽃놀이는 계속된다

하루가 세월의 파편이라면, 아침저녁으로 피흘리는 공중이 하루의 파편이라면

공중이 납작 쓰러져

공중으로 미사일도 비집고 들어올 틈이 없고, 피로한 새들도 날개를 접고, 그렇게 다 끝내지 못한다면

차라리 공중에 소년을 가득 채워야 하는데⋯⋯

아침저녁으로 그 공중을 모아 하루를, 하루라는 파편을 모아 세월을,

흩어진 소년의 조각들을 모아 한 몸의 영혼을, 조각난 이 세상이 이제 틀렸다면 영혼들을 모아 붙여 다음 세상을

꼭 온전한 하나의 형체로 만들어야 하는데⋯⋯

그렇게 한번은 봐야 하는데, 어떤 모습인지

시간 밖의 아이

오리가 드디어 인형을 벗어 던지고 훨훨
미사일이 떨어진 폐건물에서 솟구쳐 올라 하늘로 날아
간다
영혼이 탈출하는 가공할 물리력

오리 인형은 인형을 벗어 던졌는데
아이는 무엇을 벗어 던져야 하늘로 공기처럼 가볍게 솟구
쳐 오를 수 있을까
조금 더 생각해보자
이 시가 끝나기 전에 잠시만

산산이 부서진 돌 더미를 걷어차며 수색하는 군인들
아이를 찾던 할머니를 발견하고⋯⋯
어깨에 관통상을 입은 할머니는 빨간 머플러 같은 피를
몰래 조심스레 벗어 던진다

아이야, 너는 몇살이니?
한밤에 이 시를 쓰다 말고 나는 우두커니 전쟁터에 서 있
는, 영혼인지 아이인지 모를 아이에게 묻고 만다

여섯살!

그렇다면, 시간의 나이에서 여섯살을 뺀 시간을 벗어 던져야 자유로울 수 있는 아이야

너는 언제 하늘로 훨훨 날아갈 수 있을까

일단 할미를 벗고 어미를 벗어버리고 그러고도 영원 이후?

폭포처럼 쏟아져 흐르는 구름이 영원히 허물 수 없는 단단한 하늘 벽처럼 굳기 전에

살아서도 죽어서도 불가능한 아이야

내가 시로 너를, 네 영혼을 마저 쓰고

지금 네게 입혀지는 넝마 같은 이 시를 새벽에 몰래 벗겨줄게

허락한다면 차라리

투명 망토 같은 유령 시인의 이 시를 네게 입혀 아무도 더 이상 이 전쟁 세상에서 너를 찾아 읽을 수 없게 할게

시한부를 사는 여섯살 먹은 아이가 그 귀한 시간 가는 줄도 모르고 온종일 푹 빠져 있는 잃어버린 장난감 생각

여섯살을 살며 여섯살을 먹은 거 말고는 특별히 해본 게 없는 아이가 오늘도 잃어버린 장난감 생각에 빠져 있습니다. 말하자면 일종의 혼수상태라고 볼 수 있습니다. 여섯해를 뺀 영원을 살아온 아이의 사려 깊음. 무엇인가 말했다가 자칫 가난한 부모가 새것으로 사주는 것을 찰나라도 망설이게 될까봐, 그 때문에 평생 죄책감을 가질까봐 함구하는 것인가요. 솔직히 오래 못 가지고 노니까요 아깝잖아요. 그건 사실이잖아요. 대신 영원토록 가지고 놀다 여섯해 전에 잃어버린 장난감 생각에나 푹 빠져보는 것입니다. 링거액이 노크하듯 떨어집니다. 똑 똑, 혹시 내가 네가 잃어버린 장난감이니? 병동으로 들어온 참새 한마리가, 작은 소요를 일으키던 어린 새 한마리가 아이의 머리맡까지 날아들었습니다. 아니야, 너는 아니야, 미안. 참새는 공기처럼 사라졌습니다. 하얀 세면대 속에 피규어같이 귀여운 빨간 열대어가 묻습니다. 혹시 저를 잃어버렸나요? 아니야, 아니야, 미안. 열대어는 물결처럼 사라졌습니다. 혹시 말이야 아이야, 가난한 너희 집에서 유일한 장난감처럼 마음껏 가지고 놀았던 엄마의 웃음이니? 울음이니? 지금까지 가만히 엿듣던 베개가 아이의 꿈속에서 찾아낸 울음과 웃음으로 저글링 하며 묻습니다. 아이는 대답 대신 깊은 '잠'에 듭니다. 여섯해 전에 잃어버린 '장난감'을 되찾아 시간 가는 줄 모르고 가지고 노는 것처럼 잠듭니다. 그만 놀고 들어와 밥 먹자, 말해도 소용이 없습니다.

쌓이는 마음

죽고 싶다. 거짓말을 하면 은연중에 입가에 자꾸 손이 간다지. 공중의 도넛을 야금야금 집어 먹다가 입가에 잔뜩 묻은 설탕. 그 햇빛의 부스러기.

모래처럼 헤아릴 수 없는 설탕. 모래보다 훨씬 작은 입자의 설탕. 표정의 틈새마다 잔뜩 낀 설탕. 잃어버린 반지는 절대로 찾을 수 없는 드넓은 설탕. 그런 입으로 설탕 발린 말을 하다가 무심결에 입가를 훔치면 후드득 떨어지는 설탕.

거짓말처럼 쌓이는 표정 같은, 죽음 같은.

거짓말처럼 내 손등에 올려진 네 손의 무게. 한동안 그 무게는 적요 속에 고스란히 쌓여 있다. 내가 조금이라도 움직이면 쌓인 무게가 흘러내릴까, 체온이 흔적 없이 날아갈까.

마음처럼

무게가 쌓이기 위해서는 우선 보이지 않아야 한다. 눈에 보이는 건 쌓이자마자 치워지기 마련이다. 사람도 세월로 먼지처럼 쌓이면 거두어진다. 때때로 스스로 거둔다. 적설 위로 햇볕이 쌓인다.

밤이 되면 둘 다 흔적도 없다.

내 얼굴에 쌓인 너의 마지막 연민의 눈빛을 털어내려고 고개를 흔들었다. 안 보이는 건 계속 쌓이고 치워지지 않고 지워지지 않고.

너의 마지막 모습, 보이는 건 쌓이지 않고, 눈빛이나 표정처럼 금세 사라지는 일부는 대신 기억에 쌓이고.

기억의 집 지붕을 무너뜨릴 정도로 쌓인 무거운 표정들의 기억. 기억의 지붕 위에 앉은 어린 새, 어린 새의 작은 머리통 위에 눈송이처럼 쌓인 솜털, 솜털 위에 쌓인 햇볕……

밤이 되면 둘 다 흔적도 없다.

시인이 남긴 수백편의 시도 결국 세상에 쌓이지 않는다. 사월의 적설처럼. 시집 위로 햇볕이 쌓인다.

밤이 되면 둘 다 흔적도 없다.

시들을 다 거두어 가 영원에 쌓아두려는

너의 발인에 다녀오다 청과전에서 가장 큰 수박을 산다.

그 수박만큼 마음이 무겁다.

혼자서는 다 먹을 수 없는, 눈에 보이지도 않고 쌓이지도 못했지만 사라지지도 않은 이상한 마음의 무게를 통통 두드려본다.

아이는 우리가 아닌 무엇이든 될 수 있다

*

오래전 몇년간 나였다가 나를 떠난 '아이'의 행방을 쫓고 있다. 저기 작고 낯익은 모양의 등이 하나 보인다. 아이일 때는 공처럼 대부분 비슷한 아이의 웅크린 작은 등이 보인다.

나는 운동장 한편에 주인 없이 버려진 공을 줍는 마음으로 가까이 갔다.

한 백년쯤 가서 보니,

아이는 여태 한곳에 앉아 지평선에 못처럼 박힌 풀들을 뜯어내고 있다. 아이는 뒤에 선 한 여자를 돌아보며 손을 흔든다.

아이는 제 몸이 들어갈 만큼 지평선을 뜯어내고 깊은 곳으로 뛰어내리려 한다.

여자는 다 알고 있다는 듯 그저 담담하다. 화가 난 듯도 하고 슬프기도 한, 알 수 없는 표정이다. 오래전 '아이'는 여자가 가진 선명한 표정들을 모두 챙겨서 달아났다.

오늘도 태양이 발사되고 포연처럼 안개가……

아이는 무엇이든 될 수 있다. 오전까지 마을의 안개였던 아이는 또 무엇이 될까.

* *

방금 아이가 안개였을 때

한 줌밖에 안 되는 아이의 여린 살갗은 마을을 충분히 뒤덮을 만큼 넓게 펴졌다.

자정부터 새벽까지, 지구 반대편 전쟁터에서부터

이곳까지 불타는 홍두깨 같은 태양이 '아이'라는 무형의 반죽 덩어리를 밀고 밀어 안개처럼 얇게 폈다.

얇게 편 안개로 한 마을 전체를 덮었다. 마을만 덮었겠는가. 한때 전쟁터였던 한 나라를 덮었고, 지금 전쟁 중인 나라까지 덮었다. 너무나 넓고 얇게 펼쳐진 나머지 아이는 그만 사라져버렸다. 빛의 형태로.

* * *

한줄기 가녀린 빛이 말한다.

'아이'는 최대한 잠시 거쳐 가는 거야. 무척 위험하니까.

적어도 이 지구상에서는 그런 거야. 기껏해야 몇 년 남짓이지만. 그보다 유독 짧게 거쳐 가는 어떤 아이는 운이 좋은 걸까, 아닌 걸까. 이를테면 태어나자마자 화장실 쓰레기통에 버려지는.

이봐 아이야, 오늘은 무엇이 되어 어디로 가려는 거니?

'아이'는 늘 곁에 있으므로 아무 곳 아무 때나 물어봐도 된다.

네가 출근하는 월요일부터 금요일까지 싹 다 건너뛰고 토요일로 가지, 일요일로 가지.

어른을 건너뛰고 기일로 가지.

잘린 머리카락 같은 비가 오고 또 자라나, 비가 오고

비가 멎어도 여기저기 남아 있는 비 웅덩이처럼 '어른'은 존재가 그만 넘쳐흘러버린 어떤 불편한 상태야. '어른'은 축축하게 시간에 늘 젖어 있어. 감기에 걸리지 않으려면 빨리 갈아입어야 하지.

너무 많은 바람을 불어 넣었고

너무 많은 음식을 몸에 담아버렸어.

씻어도 씻어도 오래 쓴 식기처럼 잔반 냄새가 나.

툭 건드리면 터질 것처럼 넘쳐흐르기 직전의 상태로 잠시도 있고 싶지 않거든 나는

어른이나 쇠붙이만 아니면 무엇이든 상관없어.

* * * *

'목소리'였던 아이는 피곤했는지 몇초 동안,

깜박 선잠이 되었다 비가 되었다 새가 되었다 개가 되었다 밤이 되었다 아침이 되고 아지랑이가 되고 까르륵 웃음이었다가 고통으로 신음하는 소리가 되고 한 여자의 배에 '상처'가 되고 수십년 전 갓 난 내가 되었다.

어쩌다가 여태 이 글을 보고 있는 너의 첫 생일날로 가서 네가 되었다.

단 몇초 동안 '아이'는 어디까지 흘러갔을까.

누구의 어느 깊은 기억까지

흘러갔을까.

아이들의 원심분리기

열감기가 혼자 방치된 아이를 삼킨다 빈집이 돌고
빈집 안에 빈방이 돌고 빈방 안에 아이가 돈다 돌고 돈다
결국 아이에게서 감기가 분리되고 추출된다
아이가 죽었다 아이에게서 감기가 분리된 것이 아니고
지독한 열감기를 철 지난 헌 옷처럼 벗어두고
빈방으로부터 빈집으로부터 부모로부터 세계로부터 아
이가 분리되었다
아이의 몸에서 아이의 영혼이 추출되어 공중에 빗물 한
방울처럼 스며들었다

아이가 태어날 때마다 세계는 감기에 걸린다
면역이 없는 늘 다른 감기로 지구는 앓는다
아이의 첫 울음소리가 섞이고 감정적으로 바람이 분다 공
중의 빛깔도 덧칠된다 아이는 모든 것에 섞이고 녹아든다
물 한 방울처럼
누구도 눈치채지 못할 만큼 미세하지만
누구도 부정할 수 없을 만큼 분명히 한 아이로 인해 세계
의 구성 성분은 변한다
아이는 세계의 눈물에 섞이고 웃음에 섞인다 불안에 섞이

고 권태에 섞이고 고독에 섞인다

　연년세세 전쟁 중인 세계는 거대한 원심분리기다
　한편에서도 끊임없이 아이들을 분리하는 가정용 원심분리기를 세계는 무수히 탑재하고 있다
　자전하는 '세계'에서 먼저 아이의 웃음에서 울음까지 분리한다
　다음 웃음과 울음 사이의 모든 감정을 분리한다
　다음 표정을 분리하고
　다음 표정에 뚝뚝 묻어 같이 떨어져 나오는 살점까지 분리하고
　다음 숨소리를 분리하고 마지막 뼈만 남긴 한 아이의 몸을 분리하며 세계에서 추출한다

　그러나 '세계'에 한 아이가 섞이기 전으로 세계는 다시 돌아가지 못한다 아이가 잠시라도 머물렀던 '시공간'을 분리하지 못한다
　아이가 분리되는 순간 그 시공간이 거꾸로 '세계' 전체를 한입에 삼켰기 때문이다

지구를 꿀꺽 삼킨 아이의 '시공간'은 은하처럼 거대한 원
심분리기가 되어 빙글빙글 돈다

 급기야 서서히 지구가 분리되고 지구에 들러붙은 불치의
전쟁 바이러스와 그을린 가정들이 분리된다

 아이의 시공간은 비로소 평화를 되찾지만 그곳에 이제 아
이는 없다

 시키지도 않았는데 어른에서 분리된 아이들이 모여 둥글
게 손잡고 빙글빙글 돈다

 아이들이 만든 원심분리기에서 '세계'를 부양하던 모든
표정들이 아이들로부터 분리된다

 공중은 펼쳐보지 못한 아이들의 감정으로 가득 차 있다

 아이가 놓친 풍선처럼 지구에서 공중이 분리되어 멀리 날
아간다

 회전목마는 한없이 느리게 돌고 돌고 한번 놓친 풍선은
다시 놓칠 수 없다

 그저 바다에 작은 기포 하나가 녹아 스며들듯 성운들 속
에 뒤섞이는 그것을 지켜볼 뿐이다

아이의 물음

그을린 아이의 손을 잡고 케이크를 사러 간다
빨간 케이크를 살까 하얀 케이크를 살까,
다행히 빵집은 ─주인의 마지막 기억 속에서 ─영업을
하고 있다
하지만 검게 그을린 케이크밖에 없다

대신 흑빵과 크림을 사서 집으로 간다
다행히 집은 ─아이의 마지막 기억 속에서 ─불이 들어
오고 물이 나온다
싱크대는 치아처럼 하얗고 가지런하다

죽은 아이의 손을 잡고 집으로 간다
어젯밤 미사일에 올라타 달을 한바퀴 돌고 온 아이의 손
은 까맣다
아무렴 괜찮아, 원래 우주는 시커먼 흙먼지투성이야

나를 올려다보는 아이의 두 눈에 까만 흙이 가득 차 있다

'아이'를 떠나며 아이는 꾹 참았던 물음을 꺼낸다

너는 왜 일찍이 나를 떠나 거기서 그러고 있는가

왜 굳이 드넓은 '아이'를 떠나 비좁은 여기서 이러고 있는가

내 손등을 쓰다듬으며 묻는다

아이야, 그게 말이야 어떻게 된……

다시 불현듯 폭격

어제 아파트는 반파됐지만, 흑빵과 크림을 사서 아이와 집으로 간다

더이상 집에 불이 들어오지 않고 물이 나오지 않더라도

떨어진 미사일이 잽싸게 집들 주변의 불을 진공청소기처럼 빨아들여 화염을 만들어낼 때

다행히 아이의 작은 집 안에 살던 불과 물은

아이의 작은 몸속에 안전하게 다 숨어들었다

다만 썩은 치아처럼 싱크대 문짝은 다 빠져버렸다

다시 불현듯 폭음

동굴처럼 캄캄한 싱크대 속 어둠으로 숨어들며

아이는 내게 묻는다

이곳에서 가장 밝은 촛불은 무얼까, 미사일일까
혹 불면 이곳의 모든 생일을 단 한번에 다 꺼버리고 우주
로 한꺼번에 다시 생일 초대하는
그 촛불을 타고 어제 나는 지구를 한바퀴 정찰하고 왔지
이제 무엇이 되어볼까 상상하며

아이의 집
어른이 아닌 모든 것

아이가 여섯해를 산 '아이'라는 집. 한 겹을 어른이 아닌 모든 모습으로 떠돌던 아이의 가장 막다른 집. '아이'라는 작고 따뜻한 집.

아직 아이였을 때 '아이'라는 집을 떠난 아이들은 불행한가 차라리 다행한가, 생각해보자.

누군가의 방화로 안방에서부터 불길이 치솟았다.
그날따라 아이는 안방에서 자고 있었다.

아이가 태어난 순간 아이는 온전히 인간의 모습이 아니었다.
더 정확히는, 인간보다는
수백년을 땅에 파묻혀 있던 한 덩이의 구근이나
허물어진 구름의 가장자리나 날아다니다 뒤엉킨 바람 뭉치나
아이를 둘러싼 어른들의 복잡한 '웃음'으로 묘사될 수 있는 형태였다.

불길이 닿기 전부터 불에 그을린 것 같은 멍 자국들.

하필 그날따라 안방에서 자고 있던 아이의 '아이'라는 집
이 까맣게 불타고 있는데, 어서 빨리 아이는 자신의 작은 집
을 버리고 탈출해야 하는데

몸을 피한 엄마를 바보같이 기다리고 있다.

아이가 더이상 아이가 아닌 지금은 '기억'이거나 '눈물'
이거나 '소문'의 형태로 생면부지들 사이에서만 존재한다.

그리고 오래지 않아 공기 중에 기화한다.

아이의 집을 서둘러 철거하려는 무리들의 위협 속에서

아이는 하룻밤도 '아이' 속에서 편히 지내본 적이 없다.

세상에 존재하는 '아이'라는 집에 모든 아이들이 다 있지
않다.

'아이'라는 빈집은 언제나 충분히 많았고,

한 집 안에 모든 구성원이 다 머무는 시간이 그리 길지
않듯

아이의 집에 아이는 드물지 않게 부재중이다.

아픈 아이가 오늘은 네가 되어

*

오래전부터 아픈 아이였던 아이가 오늘은 잠시 네가 되어 내 옆에서 울음을 터뜨린다.

공원의 분수가 크리스털 브로치처럼 공중에 매달리는,

햇빛이 눈부시게 환한 날 어디선가 내 어깨 위로 날아와 툭 터지는 물풍선처럼.

아픈 아이가 오늘은 네가 되어 내 어깨에 기대 울음을 터뜨린다.

발가벗은 채 차가운 스테인리스 대문 손잡이를 잡고 딸꾹질을 참듯 울음을 누르던 아이가, 멍투성이 아이가 한순간에

네가 되고 내 어깨까지 키가 자라 울음을 터뜨린다.

떠나지 못한 너는 '아이'의 차가운 감옥이 되었다.

유년에서 뜯어 온 창살처럼 차가운 너의 손이

내 손을 잡자, 각자의 독방에 갇혔던 아이들이 잠시 한방에서 만나 울고 웃고 마음껏 뛰어논다.

아이는 말한다, 분수가 되는 게 내 꿈이었는데 꿈이었는데……

* *

너는 나보다 손이 작다. 너는 나보다 더 많이 운다. 나보다 더 오래 눈물에 씻기고, 많이 녹아내렸다. 아이스크림처럼 차갑고 하얀 너의 피부.

너는 나보다 더 오래도록 바닷속을 하늘 속을 땅속을 걸었다. 걸어서 내 무릎까지 왔다. 여기까지 왔다. 그래서 너는 어른인 나보다 몸이 작았다.

나보다 오래 산 '아이'

아이였던 너의 배꼽에 시곗바늘이 꽂히고, 시곗바늘은 시곗바늘답게 쉼 없이 할 일을 하고, 빙글빙글 돌 때마다 마술처럼 불어나는

솜사탕처럼 너는 부풀었다. 너는 이제 나와 같다.

내 어깨에 기대 울음을 터뜨린 너는 나보다 크지도 작지도 않다.

나는 이제 아이처럼 매일 운다.

이 기회에 너보다 작아지려고 잠시 '네가 된 아이'를 안고
너보다 더 많이 운다.

* * *

아픈 아이가 오늘은 네가 되고,

나는 스테인리스 대문 손잡이에 체온을 다 빼앗긴 너의
찬 손을 잡는다.

너의 손이 얼음처럼 뜨겁게 달라붙는다.

어리고 어른대는

아직까지는 다행히 나는 세상에 인간이 아닌 모습으로 어려 있다

길게는 수천년에서 짧게는 수분 동안의 변신을 거듭하며 세상을 떠돌며 어려 있다

세상에 '어른'만큼 참을 수 없는 것이 어른대는 시간이다

이곳에 어린 무해한 것들을……

집어삼키려 어른대는 것들은……

창문에 어린 서리를 잠시도 참지 못하고 훑어 내리고

얼굴에 어린 햇살을 잠시도 참지 못하고 블라인드를 치고

제 몸에 어렸던 어린 것을 음식물 쓰레기통에 버리고(on 인간의 코를 달고 처음 맡아보는 세상의 냄새 off)

수면제를 먹여 바다로 끌고 들어가고(on 수면제를 먹고 바다로 들어가니, 엄마라는 어른의 양수에서 지낼 때와 같은 상황 같은 기분이었어요 그때나 지금이나 영문도 모르고, 다시 무엇이 될지 모르지만 외계인이 아니라면 그냥 이제 지구상의 무엇도 되지 않기를 꿈꿔요 off)

미사일로 학교를 폭격하고(on 공습경보가 울리고, 선생

님의 말씀에 따라 착하게 책상 밑으로 들어가 입도 뻥긋 않고 무릎을 껴안고 있었어요 시키는 대로 다 했는데, 그게 다 무슨 소용일까요 미사일을 타고 이미 학교가 아닌 다른 곳으로 순간 이동한 나는 off)

그 순간, 그 어른대는 시간들

어린 시간은 찰나의 시간이고, 아무도 아닌 시간이고, 아무도 눈치채지 못한 시간이고, 까무룩 잠든 시간이고, 아까워할 틈 없이 가는 시간이다

나는 나무가 되어 수백년을 살기도 하고, 서리가 되어 수십분을 살기도 하지만

사이사이 그 무엇도 아닌 그저 세상에 어린 시간으로 잠시 대기하기도 한다, 이를테면 슬픈 한 사람의 기억의 형태로

나와 같은 어린 시간들은 이 순간도 실체가 있으나 투명한 몸으로 모든 것에 어린다, 나는 모든 것이 될 수 있고

내가 선택할 수 없는 어떤 우연으로 모든 것에 하나하나 어리다가

더이상 세상에는 어릴 것이 없는 극단에서 아이가 된다

그것은 내 어린 시간이 어른대는 시간들과 같은 속도로
흐르게 되었다는 의미다
　아이로 무사히 살더라도 결국 막다른 시간에 이르게 된다
　어른이라는 내 존재의 끝에

　아이야, 아이야, 헌 집 줄게 새 집 다오
　세상 어른들이 아이들에게 추근대고 어른댄다

　한 겹을 온 세상에 어리며 살아온 내 생각에는
　수백년 홀로 외딴곳의 나무로 살다가 나무로 죽는 것보다
　수십년 어른으로 살다가 인간으로 죽는 것이 더 어려운
일이다

　조만간 아이가 된다면 금세 나는 어른에게 '아이'를 빼앗
길 것이다

여름 생활 계획표

당신이 온다고 해서 수박을 샀어요. 청과전에서 가장 큰 수박을. 십 킬로는 훨씬 넘을 거예요. 걸음마를 떼고 막 뛰기 시작한 한 아이가, 공처럼 어디로 튈지 종잡을 수 없는 아이가,

넘어질까 붙잡으려 해도 달처럼 맴돌던 아이가 불시에 내 품 안으로 넘어질 때처럼, 와락 뛰쳐 들어올 때처럼 묵직한 수박을 받아 안습니다. 아이가 두드린 가슴이 텅텅 울리네요. 수박을 두드려봅니다. 물동이처럼 묵직한 수박,

덕분에 심장이 다시 뜁니다. 수박을 들고 오는 내내 또 떨어뜨릴까 놓칠까 많이 애썼어요. 다시는 놓치고 싶지 않거든요. 산산조각 깨뜨리고 싶지 않았어요.

당신이 온다고 해서 깨끗이 씻은 수박을 반으로 잘랐습니다. 당신은 오지 않아 그 많은 걸 혼자 다 먹었어요. 체내에 수분이 들어차니 눈물도 쉽게 툭툭 잘 나와요. 슬플 때 먹어보시면 알아요. 걸으면 몸 안이 철렁철렁합니다.

다음 날 당신이 다시 온다고 해서 남은 수박을 반으로 잘랐어요. '잠자기'하듯 잠자코 기다려도 당신이 오지 않아 혼자 먹었어요. 또 또 눈물! 그런 핀잔을 먹더라도, 수박의 그 많은 수분이 눈물이 되더라도 먹어야죠.

그렇다고 버릴 수는 없잖아요. 어차피 찬 눈물은 다 버릴 수밖에 없잖아요. 그렇게 여러번. 마지막으로 당신이 온다고 하는데, 한번도 온 적이 없는데 이번의 마지막은 어떤 마지막인가요.

일일 생활 계획표의 삼십분짜리 칸만큼 남은 수박은 오든 말든 당신을 위해 남겨두었어요. 차 한 잔도 못 마실 짧은 시간을. 선잠이라도 들라고, 당신이 오지 않더라도 나는 그것을 먹지 않을 생각입니다. 눈물로 바꿔도 얼마 되지 않고, 그 마른 눈물은 되레 나를 마른 수건처럼 쥐어짜는 일이거든요.

사실 삼십분 동안 '준비'를 하도록 계획되어 있었어요. 무슨 준비인지 궁금하시다면 수박 먹으러 오세요. 오신다니 다 제쳐두고 준비하고, 사내아이의 까만 머리통 같은 흑수박 한 통 사러 가려 해요.

얼마나 많은 그림자를 욱여넣어야 이렇게 속이 새빨갛나요. 세상의 모든 그림자를 화장해서 담으면 이렇게 새빨갛군요. 수박을 반으로 가르듯 한순간 한낮의 열기가 툭 내려앉는 여름, 유독 빨간 저녁.

마지막으로 온다던 당신은 마지막으로 오지 않고. 잘라놓은 반을, 그 많은 걸 '기다리기'하며 또 혼자 다 먹어요. 밤이든 낮이든, 어느 걸 남겨두고 어느 걸 먹을까요. 기다리다 지쳐도 빨간 눈두덩을 하고 창밖으로 내다 버릴 수는 없잖 아요.

오늘은 처음 보는 개가

*

 '오래전부터 아픈 아이였던 아이'가 오늘은 처음 보는 개가 되어 달려와 너를 문다.

 새벽 산책길, '안개'는 그 '아이'가 살던 미래로 돌아가는 타임머신이다.

 타임머신에 탑승하려면 기체가 되어야 한다.

 눈물 한 방울도 탑승하지 못하고 바닥에 버려지듯 떨어질 뿐이다.

 그렇다면 울음소리는 기체일까?

 너를 문 개를 병원에 데려가 간단한 검사를 하고 집으로 데려온다.

 귀가 플라타너스 나뭇잎처럼 커다란 개는 집에 오자 하얀 화분처럼 조용하게 잠만 잔다.

 밥을 줘도 물을 줘도 안 먹고 잠만 잔다.

 커다란 개는 점점 안개처럼 희미해진다.

 ──아이야, 이제 일어나야지?

—아이야, 일어나 밥 먹어야지?

　커다란 개는 며칠이 지나도록 잠만, 오직 잠만 자며 마치 기체처럼 살아 있다.

　그렇다, 살아 있어야 잠도 자는구나, 겨우 깨닫는다.

　안심한 나는 십분쯤 긍정적인 사람이 된다.

* *

　너는 내가 깨어 있는 시간에 맞춰 잠만 자고

　사실 한번도 산책을 나가지도, 실제 개에게 물리는 일도 없었지만

　오래전부터 아픈 아이였던 아이가 오늘도 처음 보는 개가 되어 달려와 너를 물었고, 숨이 끊길 때까지 흔들며 놓지 않고 있는 걸

　나는 지켜보는 사람.

　나는 너를 문 개를 너를 대신해서 내일도 병원에 데려가고 장난감도 사주겠지만

　개는 화분처럼 조용히 웅크리고, 숨을 쌕쌕 몰아쉴 때마

다 안개처럼 흰 꽃이 피고,

　이제 좀 놓으라고, 물고 있는 유년의 너를 놓아달라고, 잠시라도 잊으라고,

　잊지 않고 밥을 주고 물도 주지만 개는 이빨을 꽉 깨문 채 잠만 잔다.

　기억처럼, 기체처럼.

　오래전 멍투성이였던 어린아이가

　오늘은 네가 되고.

　너는 다시 멍투성이 아이로 돌아가

　처음 보는 표정으로 울고.

* * *

　울음소리와 잠은 기체다.

　아이 때 출발한 타임머신을 타고 매일 여기로 도착한다.

오래된 '시' 속에서의 신작시 마감

신작시 마감을 하려고 온종일 혼자 집에 있으니 지겨웠는지 벌컥 집이 나가버렸다. 이제 남은 건 깊은 밤과 바람으로 깨질 듯한 창문과 마감하지 못한 시. 밤과 바람과 그리고 비까지 조금씩 새어 들어오는 다 짓지 못한 시 공간.

절묘하게 나만 한 스푼 덜어낸 집, 나를 먼지처럼 떨어낸 집. 창 너머에는 다정하게 얘기를 나누며 식사하고 있는 한 가족이 있다. 내 기억에는 창 너머 한 가족 중에 가장 어린 이는 이미 죽은 이다.

단 한번이라도 다시 만나고 싶은 아이. 내가 창문을 조심스레 노크하고 급기야 뜯어낼 듯 흔들어도 그 소리는 단지 덜그럭대며 설거지하는 소리, 식기들이 부딪치는 소리, 커봐야 비바람에 창문이 그저 흔들리는 소리에 불과할 뿐.

가족 누구도 내가 두드리는 창문 소리를 듣지 못하는 줄 알았는데, 네가 창문을 한뼘쯤 열더니 말한다. 우리가 먹는 음식을 나누어 한 상 차려줄 테니 거기 있으라고. 그러고 보니 매일매일 창문 위로 밤처럼 까맣게 탄 음식들이 차례로 올라오고, 아침마다 텅 비워지고 있었다.

그 형체 없이 타버린 음식들을 재료로 나는 '죽음에 대한 시'를 쓰려 하고, 아무리 노력해도 도무지 각양각색 섬세한

죽음의 맛을 제대로 살릴 수 없는 노릇이고. 그들의 식사를 방해하면서까지 무리해서 무례하게 창문을 연다면, 창문 위에 그나마 있던 음식들은 성에처럼 금세 사라질 테고.

오늘 밤은 한 가족의 식사를 방해하지 않기로 한다. 창문 너머 테이블에는 네가 있다. 너는 내가 알던 모든 너보다 더 행복해 보인다.

발인처럼 마감날 아침이 밝아오고, 테이블을 흔들며 진동하는 휴대폰에는 미처 받지 못했던, 죽은 이의 '부재중 전화번호'가 잔뜩 찍혀 있다. 너는 죽은 이에게조차 '부재중인 이'였다. '죽음에 대한 시'에게 내가 늘 그랬듯.

생면부지 가상의 독자인 너는 아침에 혼자서 늦도록 식사하고 있다. 내 시집을 펼치고 불어터진 국수 다발 같은 활자들을 씹으며 식사하고 있다.

그제야 나는 창문을 조심스레 다시 노크하고, 네가 앉은 테이블에 마주 앉는다.

너는 나를 본체만체 아무런 말이 없고, 나는 식사가 끝날 때까지 앞에 앉아 있다. 신작시 마감일에 마감도 따로 없는 혼자만의 식사를 네가 잘 마칠 때까지.

욕조와 향로 1
공유 채널 입장

'*귀신은 있을까? 정말*
귀신은 귀한 신일까?
그래도 몸소 지상으로 금세 먼지가 될 인간들을 종종 만
나러 내려와주는 더없이 인간적인 신일까?'
라는 옆집의 네 생각이 맞은편 욕실에서 들려온다.

너는 옆 사람을 잃은 누군가의 희고 커다란 눈물 주머니
같은 욕조 속에 저녁 내내 누워
나에게 하는 말인지,
화장실 거울 속에서 노크하는 귀신들 들으라고 하는 말
인지
모를 말을 하고 있다.

네가 숨만 쉬어도
저녁 내내 욕조 속에 붙잡혀 있던 예민한 물 위에
귀신들의 지문이 떠오르겠지.

향로에서 놓여난 연기들의 묘연한 행방처럼
욕조에서 놓여나면 정작 어디로 흘러갈지 귀신도 모를

어디로든 알지 못할 곳으로 흘러갈 살 떨리는 물의 마음을
너는 점점 물에 불어가는 맨몸으로 오늘 저녁 내내 매만
졌다.

네 손끝에 물결이 지문처럼 스며들었다.
정처 없는 물의 마음 한편이 네 손끝에 스며들었다.
욕조에서 나온 너는 눈두덩처럼 퉁퉁 불어터진 손으로 뿌
연 거울을 훔쳤다.
같은 채널 입장을 위해 오래 기다린 나는 거울 속에서 반
갑게 네게 손을 내밀었다.

욕조와 향로 2
기일

'귀신은 있을까? 정말
귀한 신일까?
그래도 몸소 지상으로 금세 먼지가 될 인간들을 종종 만
나러 내려와주는 더없이 인간적인 신일까?'

나는 저녁 내내 욕조 속에 누워
오늘도 어제와 똑같은 생각에 잠겨 있다
똑같은 모양의 물에 잠겨 있다
정확히 똑같은 시간 동안

조금만 움직여도 욕조 속에 운 나쁘게 갇힌 물 위에
죽은 이들의 지문이 떠오른다
물 위에 떠오른 지문들이 올올이 풀려
내 벌거벗은 사지를 묶고 있다

욕조 속에서 나는
향로 속에서 밤새 타버린, 잿더미가 된 향처럼
후, 숨만 내쉬어도 흔적 없이 흩어져 날아갈 것 같다
물속으로 흔적 없이 흩어질 것 같다

단둘이 살던 집에
나 혼자 남은 것도 모르고 나도 모르게
너를 불러보았다

욕실 쪽창에서 고양이 한마리가
야옹, 창문을 긁었다

더이상 욕조에서 흰 연기가 피어오르지 않는다
향이 다 타버린 텅 빈 향로처럼

워킹 버드*
어른이 아닌 모든 것

극성스럽고 지루하도록 미세먼지가 머물다 가고……

만화 속처럼 맑은 휴일 정오에도 나는 한동안 너의 외투 주머니에 꽂혀 있었다.

너는 애인과 쇼핑을 하고 돌아오는 길에 아파트 단지와 단지 사이의 소공원에 들렀고

그 소공원은 두 단지에서 자살한 사람들이 입주하는 곳이란 것도 모르고

벤치에 누워 내가 어린 책을 읽었다.

스미듯 밀려오는 졸음 속에서 아무 곳이나 펼쳐 읽었다.

책의 갈피마다 새 한마리씩 살고 있는데……

네가 졸음에 겨워 무심하게 펼친 페이지가 열리자, 그렇게 우연히 나는 고대하던 바깥 구경을 하게 되는데……

세상에서 나는 어른이 아닌 모든 것이다.

모든 것에 어릴 수 있고 변신할 수 있다.

수년 전에 너의 아이가 되었고, 불행인지 다행인지 다시 작은 책 속의 한 페이지가 되었고, 여백을 메우려 사진까지 삽입된 페이지의 글자 수는 아이가 되어 내가 산 날짜와 얼

추 비슷하고……

너는 급기야 책을 머리맡에 엎어놓고 오수에 빠졌다.
그사이에 나는 그 책을 통째로 훔쳤다.
엎어놓은 책의 형상과 흡사한 새가 되었다.
그저 우연이므로 나는 무엇이든 될 수 있다.

청명한 어느 날(그날을 '어느 날'이라고밖에 부를 수 없
다) 나는 새가 되어 두 다리로 한가롭게 거리를 걸었다.
그렇게 다시 내 생이 회전을 시작하자마자
근육질의 바퀴를 회전하며 별보다 빠르게 은색 바이크가
나를 스치고 지나갔고, 한번 펴보지도 못한 나의 한쪽 날개
는 짓뭉개졌다.

책은 구겨진 페이지가 아플까?
나는 가로수에 기대 저물어가는 하루와 밤과 새벽과 다시
무심한 아침의 시간이 내 몸에 스며드는 황홀함을 느꼈다.
다시 정오, 너는 나를 발견하고, 작은 박스에 나를 옮겨 담
아 아파트 단지와 단지 사이의 소공원으로 갔다.

너는 예매한 영화를 취소하고, 저녁 식사 약속을 취소하고, 내가 담긴 박스를 벤치 옆 작은 나무 아래 묻었다.

조금 더 '새'에 머물 수 있었지만 나는 나무뿌리에 들었다. 우연이라지만 사실 다음부터는 뻔하다. 나의 몸은 서서히 얇고 넓게 펼쳐져 나무의 수피가 되고, 줄기와 잎과 꽃이 되고, 종종 벌과 나비가 되거나 그 모든 것에 맺힌 이슬이 되고, 건조한 공기와 햇빛에 기화되어 공중이 되고 구름이 되고 비가 되고 안개가 될 것이다. 그러다가⋯⋯
언젠가 다시 누군가의 아이가 되겠지.
언제나 나의 긴 드라마는 새드엔드이다.

취소한 일정으로 갈 곳 없는 너는 벤치에 드러누워 내가 떠난 빈집 같은 책을 읽었다.
스미듯 밀려오는 졸음과 저녁에
맞서기 위해 아무 곳이나 펼쳐 읽었다.

* 시 「워킹 메이트」의 후속편.

인형의 집

건물 안에 불길이 치솟았다 아이는 일초라도 빨리 건물 밖으로 몸을 피해야 하는데……

건물 밖에는 무장한 군인들이 수색 중이고……

아이니까 괜찮아, 아이는 생각했다

창문 없는 창틀에 아이가 한쪽 다리를 올리려는 순간

불길 속에 숨어 있던

아이만 한 오리 인형이 두 팔을 활짝 펼치고 아이를 막아섰다

자세히 보니 오리 인형의 두 팔은 깃털이 다 타버렸는지 뽑혔는지

백골처럼 앙상한 뼈에 몇점의 살점만 군데군데 남아 있다

꽥 꽥 꽥꽤애액 꽥!

(지금 건물 안으로 들어가서는 안 돼!)

나는 지금 불길로 가득한 이 건물 밖으로 나가려고 하는 건데 대체 무슨 소리야, 아이가 말했다

꽥액꽤 꽥 꽥!

(바로 이곳이 건물 밖이니까!)

세상이라는 폐건물의 작은 바깥이 그나마 여기야

그을린 몸이라도 은신할 곳은 오늘은 여기가 유일해

비켜설 기미가 없는 오리 인형은 화산석처럼 까만 눈동자

로 아이를 바라보았다

이곳도 오래 안전하지 않……

전봇대만 한 미사일이 오직 한명의 아이와 불에 그을린

오리 인형만이 있는 작은 건물을 명중했다

폐허의 작은 바깥이 폐허의 가장자리가 되는 순간이었다

잿빛 해가 빙글빙글 돌 때마다 콘크리트처럼 쏟아져 흐르

는 구름이

단단한 벽처럼 굳기 전에 아이야, 흐린 날 허물어진 건물

에 깃든 한 조각 귀한 햇빛같이 남은 영혼이라도

지금이라도 어서 하늘 쪽으로 뛰쳐나와

영혼이 머물 영원한 바깥으로 나와

이제 그곳도 안전하지 않아

형체를 찾아볼 수 없는 오리 인형의 목소리만이 끝까지

남아 형체 없는 아이와의 대화를 끝마쳤다

잠든 너의 입술에서 흘러나오는 꿈속의 공기

너는 부쩍 자주 '외출'한다
'잠드는 것'을 나는 그렇게 표현한다

항공권을 끊고 대륙에서 대륙으로 이동하듯
커다란 트렁크 같은 베개를 베고 꿈에서 꿈으로
그사이 선잠이 태평양처럼 흐르고
처음에는 밤에만, 이제는 밤낮없이 외출한다
외출했다 돌아오면 잠시 너의 얼굴에 빨갛게 온기가 돈다
나 그때 정말 죽는 줄 알았어,로
시작하는 매번 다른 이야기를 들려준다

라면 물이 라면도 없이 익고 있는데,
형광등은 자꾸 감기는 눈꺼풀처럼 깜박거리는데,
어느새 다시 너의 잠꼬대가 들려온다
너는 부쩍 자주 외출한다

요즘 혼자 왜 이렇게 바쁘냐고 물으면,
네가 숨이 안 쉬어지도록 힘들 때 꿈속의 공기는 어떨까
숨 쉴 만할까 궁금해했잖아 그래서 내가 확인하러 가봤어

놀라지 마 이것 봐 꿈속의 공기를 가져왔어 어디 한번 크게 한모금 숨 쉬어볼래 따뜻하게 마셔볼래 호호 불어가면서,

라며 너는 잠꼬대를 한다 가져오긴 뭘 가져와, 구시렁대면서도 잠든 너의 입술에서 흘러나오는 꿈속의 달큼한 공기 맛을 살짝 본다

너 그거 아니 내가 주로 가는 내 꿈속에는 공기가 없어 거긴 수심이 아주 깊은 물속 같거든 깊은 물속 공간은 대기권 밖의 높은 창공과 데칼코마니야 실제로 아이들이 놀이동산에서 무수히 놓친 풍선들과 풍선처럼 떠다니는 개복치 여럿을 사귀기도 했지

아침 식사를 하며 그런 말을 했더니, 너는 말한다
무슨 소리야, 지난 내 꿈속에서 너 봤는데, 네가 서서 혼자 울고 있던 거 똑똑히 기억하는데

그래 나는 울었다 그때 그곳에서, 그게 뭐 별일인가
울다가 울음이 떨어져 생수를 마셔가며 울었다

어쩌려고 너는 네 꿈속에서 길을 잃고 내 과거까지 오게 된 건가

네가 나를 봤다는 곳은 내가 상주인 장례식장이고,

심지어 지금 우리가 함께 있는 시점으로부터 무려 삼년 전인데

왜 거기까지 네가 찾아온 건가

당시 나를 둘러싼 슬픈 공기를 한번 들이마셔보겠다고?

너는 몰랐을까? 지금도 여전히 우리는 '시' 속에서나 만나는 생면부지이고

그러니 네가 나를 봤다는 곳은 시 속의 시 속, 그러니까 꿈속의 꿈속이고

사실 '꿈속의 꿈속'은 위험한 미지이고

그곳이 다시 '수면' 밖으로 빠져나오지 못하는 죽음 같은 꿈속일지, 아니면 옴짝달싹 못하게 몸이 매인 여전한 현실일지

투신하듯 몸소 실험 중이었을까

어쩌나, 거긴 절대로 꿈이 아니고 단지 꿈이었으면 하는

오래전 나의 현실인데

그 시점으로부터 미래에서, 미래의 꿈속에서 네가 어떻게 거기까지 온 건가

그리고 나는 미래에 '시' 속에서나 만나는 너를 어떻게 대번에 알아본 걸까

솔직히 나는 그 점이 더 궁금하고

그때 내가 그 궁금함을 안고도 언제부터 기절하듯 잠들었는지도 궁금하고

미명의 새벽, 미래의 '시' 속에서 온 너는 내 손을 현실의 악력이 느껴지도록 꼭 잡았다

꿈을 꾼 거야? 밤인 준비해야지

그래 해야지, 꿈속에서 다 꿈인 줄 알았는데 아니네, 이제 난 어쩌나

해야지, 일어나야지

기억해? 그때

그렇게 너의 손을 처음 잡았어,

라며 또 외출하려는 너의 손을 오늘은 잡는다

잠을 도난당한 아이들

족히 백년 동안 잊힌 방공호의 두꺼운 철문 셔터처럼 무거운 잠을 죽을힘을 다해 열고 나오니 아무런 이유도 없이 눈물이 걷잡을 수 없이 나왔다. 내 안에 잠들었던 눈물이 죽을힘을 다해 나를 열고 나온 것이다. 얼마 만일까.

나는 태어났다. 내가 울건 말건 눈알만 한 흰 눈이 펑펑 내리고, 병사들은 어둠 속에 내리는 눈송이를 펑펑 조준 사격하고 있다.

태어났지만 나는 태어나기 전처럼 자주 '깊은 잠' 속으로 숨었다. 엄마가 걱정되어 흔들어볼 정도로 나는 죽은 듯 잠에 묻혔고…… '잠'으로 나누어진 두개의 우주가 맞닿아 갈리며, 세상에 잠이 펑펑 눈이 되어 내리고

포탄이 펑펑 내리던 날, 펑펑 내리는 눈송이가 자는 듯 죽은 병사 위에 쌓이듯

쌓이는 잠, 전쟁이 깊어지던 그 무렵 나를 포함한 아이들이 주체할 수 없이 많던 '잠'의 절반을 도둑맞는 일이 잦았다. 아이들은 하루에 절반밖에 자지 못했고 그나마도 점점 줄어들었다.

인근에서 사살된 병사들이 자는 듯 죽기 위해, 죽은 듯 자는 아이들의 잠을 훔치고 다닌 것이다. 한번 도난당한 '잠'

은 아이들이 죽는 날까지 평생 되찾지 못한다.

　잠을 도둑맞은 아이들은 평생 살아갈 대낮이라는 여백을 얻어 그것을 군장처럼 둘러메고 전쟁터로 나갈 수 있을 때까지 하루가 다르게 자라난다.

　잠 도둑을 피한 어린아이들이 결국 영영 깨어나지 못하는 일도 드물지 않았다.

잠이 된 아이들

*

지구 한편에서 천재지변이 수만의 목숨을 앗아 갔다는 뉴스가 흘러나오고 있다.

진입했을 때 아이는 숨겨 있었다.

'아이'가 살다 간 아이의 몸속에서 꺼내볼 수 있는 것들. 그 가볍디가벼운 작은 가방 속에 든 무거운 것들.

긴 지퍼처럼 쭉 땅이 열리고,

강진이 덮친 폐허 속에서 그나마 살려서 꺼낼 수 있는 것들.

'아이'가 아이로 태어난 순간부터 초파리처럼 줄곧 달라붙는 울음소리. '아이'는 진심으로 당황하며 생각했다.

——이건 또 뭔가? 나는 태어나기 전후 단 한번도 운 적이 없는데, 모조리 잡아내고 싶은 이 집요한 울음소리는?

단 삼년간 아이는 한마리씩 한마리씩 그 많던 '울음소리'를 잡아 삼켰다. 숨죽여 꾹꾹 삼켰다. '아이'는 생각했다.

——그렇게 죽인 내 울음은 '어른' 종족의 기억 속에서 얼마나 생존 가능할까? 한 며칠? 몇시간? 몇분? 몇초?

잠시라도 폐허 속의 생존은 늘 '기적'에 해당한다.
더구나 학대는 천재지변도 아니다.

'아이'는 생각했다.
─죽은 목숨 걸고 '잠'이 되어야지. '밤'이 되어야지.
그것은 당연히 목숨을 걸어야 하는 일.

* *

한밤에 한 엄마가 한 아이를 베란다 밖으로 떨어뜨리는
순간, 사기그릇처럼 산산조각 나기 직전에 '아이'는 순식간
에 흰 고양이가 되었다.
그리고 아무리 찾아도 찾을 수 없는 곳에서 밤새 야옹거
리며 울었다.

사라진 아이는 어디에 있을까. 그저 '울음소리'라는 기체
로 몸을 바꾼 것일까.
휴대폰 속의 독방; 칸칸의 사진 속에 갇혀 있는 아이들.
휴대폰 사진 속으로 피했던 아이들이 밤마다 함께 모여

한 '아이'가 된다.

　한 아이가 되어 살얼음 낀 잠 위를 걷는다, 걷다가 지진처럼 갈라지는 잠 속으로 빠진다, 빠져나오지 못하고 울면서 정신없이 발버둥 친다.
　여기는 이국(異國)에서 파견된 구조대도 없고,
　아파트 잔해 속에 아이는 '잠'이 되었다.

진짜 밤

탱크가 길을 뭉개고 미사일이 다트 핀처럼 학교에 꽂히는 와중에도 '진짜 밤'으로 시간 여행을 떠난 지도, 매번 실패한 지도 오래되었다. 지도에도 없는 '진짜 밤'에 너무 늦게 도착했으나, 이제 나는 이렇게 창밖에서 죽을 것 같다. 쏟아지는 눈발처럼 내 위로 하얀 재가 봉분을 만들어줄 것이라 다행이다. ‖ 무작위로 떨어지는 불똥 같은 '진짜 밤'에 여섯살 아이가 흰 재가 펑펑 내리는 창밖을 본다. 깃털 같은 재가 '진짜 밤'을 가득 채운다. '진짜 밤'은 부풀고 베개처럼 빵빵해진다. 딱 죽기 좋은 '진짜 밤'이다. '진짜 밤'은 베개 그 자체일까…… 폭신폭신하기가 총 맞은 듯 잠들 수밖에 없는, 잠 속에 어른대는 그 어떤 악몽이든 뇌수에서 흘러내리는 순간 모조리 흡수해버리는 '진짜 밤'이다. '진짜 밤'을 베면 물속에 잠기듯 빨려든다. 나쁜 꿈이란 꿈은 쪽쪽 빨아 먹는 '진짜 밤'이다. 한평생 처음으로 악몽이 빨려 나가자 비로소 나는 기절하듯 잠든다. 아이는 잠들지 않고 창밖을 본다. ‖ 누군가 한점 꿈 없는 잠에서 잠시만 마지막으로 나를 건져놓았는지, 새벽에 화들짝 숨을 몰아쉬며 일어나니 뒤통수가 흠뻑 젖은 채 짓눌려 있다. 터진 머리통, 짓눌린 머리카락 언저리는 꿈이 빨려 나간 구멍이다. 빨대 구멍이다.

아이는 잠들지 않았는지 못했는지 벌써 깼는지 여태 창밖을 본다. ‖ 창밖에는 생을 다 소진하여 가장 작아지고 어려진 내가 쓰러져 있다. 잠을 파고드는 백린탄들, 어깨에 걸린 총은 내 몸보다 점점 커지고 있다. 창문 안은 벽난로처럼, 가짜 밤들이 말라비틀어진 장작처럼 불타고 있다. 불에 그을린 아이가 그렁그렁한 눈으로 창밖에 어린 나를 본다. 아이에게 안겨 있는, 죽은 할머니의 ‘내 강아지’도 슬픈 눈으로 나를 본다. ‖ 평생을 너무 빨리 소진해버린 아이야, ‘진짜 밤’은 창밖에만 있어. 아이야, 내 강아지야, 어서 창밖으로 탈출해. 내 몸 일부가 남겨진 이곳이 아니라 내 몸 대부분이 넘어간 ‘진짜 창’ 밖으로, ‘진짜 밤’으로 ‖ 그곳에 어린 나처럼.

진짜 시간

주말 강가에는 텐트가 많다

한 텐트 밖, 한 아이가 몇시간째 지치지도 않고 강에 힘껏
돌을 던지고 있다 울면서 던지고 있다

한번도 예외 없이 강은 아이가 던진 돌을 한번에 삼키지
않았다 힘껏 던질수록 최소한 한번은 튕겨냈다

물이 지나가는데 갑자기 돌을 끼워줄 수 없다는 듯 물은
침을 뱉듯 돌을 뱉어내며 갔다

……물이……시간이……

…………가고……………

……있다……있다………

돌은 물과 함께 가지 못하고

아이의 힘이 닿지 않는 한 지점에서 결석처럼 가라앉는다

야외 개수대 수도꼭지를 틀었다가 잠그듯

가는 시간을 잡아놓을 수 없다

죽음처럼 찰나에 억지로 틀어막을 방법이 아예 없지 않
지만

물은 지체 없이 다른 물길을 이용할 수 있다

······가던 물도 잠시 멈추는 순간이 있다
시간 입장에는 충분히 길고
우리 입장에는 너무나 짧은
묵념과도 같은 순간, 물이 잠시 멈춘다
누군가 숨을 놓친 순간, 놓여난 숨이
시간이 멈춰준 찰나를 놓치지 않고 물과 물 사이를 비집
고 자리 잡는다
다시 물이 간다······

해거름, 고기가 구워지고 있는데 한 아이는 강에 돌을 던
지고 있다 몇시간째 지치지도 않고 고기도 안 먹고
아이는 물에 빠진 강아지처럼 두렵고, 아이는 울고, 하염
없이 '울음'을 강에 던지고 있다

아이의 부모가 막내둥이처럼 키우던 강아지가 예기치 않
게 강에 빠진 걸 보고도
아이의 부모는 숨죽이며 못 본 체했다

강은 강아지를 3분의 1쯤 물고 한동안 천천히 흔들고 있었다 서두르지 않고
강아지가 힘이 빠져 더이상 저항할 수 없게 되자
강은 강아지의 나머지 3분의 2를 꿀꺽 삼켰다 돌처럼 뱉어내지 않고
강의 일부로 맥박과 피와 숨을 삼켰다
강은 시간처럼 급히 비로소 흘렀다

그리고 몇시간째 아이는 강 쪽으로 돌아서 있다
부모는 아이에게 소리친다
진짜 시간 없다며, 밤이 오기 전에 남은 고기를 다 먹어치우겠다고 한다
새카맣게 타들어가는 시간의 일부처럼 허기가 아이의 머리를 물고 천천히 흔들고 있다

가끔 생각난 듯 소리칠 때를 빼고는
아이의 부모는 아이를 대부분의 시간 못 본 체하며 남은 고기를 구워 먹고 있다

진짜 아침

개수대에서 건져 올린 그릇처럼 사물들이 밝은 물기를 머금고 드러난다. 다만 너무 가까이 가서 살피지만 않는다면.

아침에 하면 좋을 일이 있고, 해서는 안 되는 일이 있다. 해서는 안 되는 일을 굳이 알아서 좋을 게 없다. 알게 되면 하게 된다. 하면 좋은 일 중에 꼭 해야 하는 일이 있다. 첫째로 그것은 지난밤 꾼 꿈 이야기.

꿈 이야기를 할 수 있어야 지금 이곳이 더이상 꿈이 아닌 온전히 맞은 아침이라는 것을 비로소 알 수 있다. 그럼에도 아침에 지난 꿈 이야기를 하는 게 아니라고 한다면, 하지 말라고 한다면, 그래서 하지 않는다면……

'진짜 아침'이 와도 아무것도 보이지 않을 수 있다. 캄캄한 아침, 그것을 우리는 꿈속에서 줄곧 저녁이라고 하지 않았나.

착한 아이야, 들어봐. 간밤 꿈에 네가 부모에게 맞아 진짜 죽은 거야. 죽은 네 얼굴이 그 어느 때보다 천년 전 백자처럼 차갑고 고요하고 편안해 보여서 그나마 다행이었지만. 괜찮아, 그저 꿈 이야기일 뿐이야. 아침이 오지 않아서 아직 꿈이라는 걸 밝힐 수는 없지만. 아침이 오기만 하면 다 괜찮아질 거야.

아직 오지 않았지만 오래도록 이어지는 나쁜 꿈 말고 '진짜 아침'만 온다면 일생 꾼 꿈 이야기를 두루마리 햇빛처럼 한없이 풀어놓을 거야. 그 이야기로 아침의 물기를 다 닦을 수 있을 거야.

차원 여행

객실은 어둑하다.
이제 정상 고도에 올랐다.
귀에 송곳이 꽂힌 듯 피가 흐른다.
어지럽게 기체가 흔들린다.
일제히 호흡기가 쏟아진다.
누군가 가슴을 압박한다.
아무래도 무리다.
저 노을의 추진력만으로는 이 무거운 지구를 우주 끝으로
처박기에 불충분하다.

* *

아이가 의자에 단단히 결박되어 있다.
아이의 시야 한쪽 거울 속의 아이는 반쪽이다.
한쪽 눈과 귀와 팔과 다리와 한쪽 눈물이 없다.
밀실의 어둑한 괴물에게 절반이 먹혀버린 아이를 거울은
자신의 뱃속에 담고 보듬고 있다.

아이의 얼굴에 바지가 덮이고 더이상 아이가 거울을 바라볼 수 없어도 거울은 아무것도 묻지 않고 울지 않고

자신의 모습처럼 아이를 바라보고 있다.

거울이 바라보는 가운데,

아이가 편의점 의자에 앉아 있다.

원 플러스 원 음료를 사서 또 한번의 차원 여행을 위한 연료를 보충한다.

이미 충분히 지친 여행객의 눈으로 이륙 직전의 창밖을 본다.

다른 건 몰라도 햇빛만큼은 아름답다.

그만큼 이곳이 아이에게 사막이고, 아이는 사막의 일부가 되었다.

배를 걷어차이고 뺨을 맞을 때마다 모래를 한움큼씩 뱉어냈다.

그 모래들로 이곳은 사막이다.

아무도 이곳의 사막을 발견하지 못한다.

아이만이 볼 수 있는 사막,

몇 세기 전 한번은 떠돌이 흰 강아지의 몸으로 사람만큼

오래 살아도 봤지만 이 사막의 '아이'로는 십이년도 무리다.

* * *

아이가 출발한다.

저 노을의 추진력만으로는 괴물같이 무거운 어른들이 잔뜩 올라탄 지구를 우주 끝의 소각장으로 끌고 가기에 불충분하다.

유일하게 늘 아이를 지켜보던 거울이 어둑한 방 한 칸, 집 한채를 빨아들여 태운 힘을 보태어

아이가 이륙한다.

'아이'는 소멸할 수 있는 존재가 아니므로 절대 무사하다.

다만 아이가 머물렀던 '몸'은 불시착한 우주선처럼 그을리고 부서져 구급차에 실려 나간다.

대기질이 매우 나쁘다.

태초에 '아이'였던 저 노을이 어른에게 죽임당한 적이 언제일까.

저 노을의 피는 언제쯤 다 빠지나.

밤이 오기 전부터, 아이의 얼굴빛을 닮은 푸르고 창백한
달은 노을보다 먼저 나와 있는데

저 노을은 언제쯤 두번째 달이 되나.

아이는 그것이 궁금하다.

차원 이동 가능

*

한잠도 못 잔 너는 간밤에 무언가 알아낸 듯 말한다

"심장의 심실과 심방을 비롯한 몸속 대부분의 장기들은 하나하나 다른 차원으로부터 돌출된 기형의 방인 거 같아. 하나만 문제가 생겨도 죽게 되고, 알다시피 죽게 되면 비로소 다른 차원으로 돌아갈 수 있게 돼."

"인간 자체가 하나의 기형의 방이고 차원의 문이라는 말이구나."

* *

너는 나의 손을 잡고 아무 말 없이 어딘가로 걸어간다 이제 없는 아이들을 찾아다닌다는 걸 알고 있다 그건 차원을 한번 이상 이동해야 하는 일, 결론은 결코 쉽지 않은 일이다 쉽지 않은 일이란 건 어쩌면 가능한 일……

'공기'는 다른 차원에 둘러쳐진 결계(結界)다 공기 때문에 나와 너는 살아 있고, 살아 있어 다른 차원을 볼 수 없고 갈

수 없다

울음을 삼키며 숨을 깊이 들이마시면 한 눈금 차원이 이동한다 내쉬면 한 눈금 되돌려진다 마치 숨죽이며 금고를 열듯 숨 쉰다 숨을 들이마시는 시간을 내쉬는 시간보다 조금 더 길게 가져가면 눈금은 원래 자리로 돌아오기 직전에 멈춘다 종이 한장도 들어가지 못할 틈이 생긴다 그 차원의 문틈에서 햇빛이 새어 나온다 온종일 숨이 턱 막힐 때마다 생기는 차원의 문틈으로 서로 다른 주파수처럼 뒤섞여 들리는 목소리들

우연히 하나의 틈으로 들어간다 해도 만나고 싶은 이를 만나는 일은 확률적으로 불가능에 가깝다 무엇보다 '영혼'이 아니고서야 그 칼날 같은 숨결 사이를 들고 나는 일은 불가능에 가깝다

그래, 그건 불가능에 가까운 일, 가깝다는 건 어쩌면……

우는 건지 너의 숨이 가빠진다 숨을 급히 들이쉬고 내쉰다 이런 식으로는 힘들다 오늘은 그만 멈춰야 한다 나를 끄는 너의 손을 힘주어 당긴다 너는 더 가지 못하고, 나를 돌아보지도 않고 굳은 듯 멈춰 있다 돌아보면 허물어질 것처럼

불규칙한 호흡이 잦아들며 차원의 문틈으로 새어 나오던 빛
이 그만 스러진 것처럼

　차원의 문은 눈앞에 존재하지 않는다
　주로 심장박동의 사이, 숨과 숨이 교차하는 사이, 눈꺼풀
이 깜박이는 사이 찰나에 열리는데, 그 '사이'에 살아 있는
온몸을 비집고 들어간다는 건 비현실적이다 만약 목숨을
내놓고 먼저 그 '사이'를 이동한 이가 예전에 한번 너를 차
원의 문처럼 열고 나온 너의 아이라면 그 한 사람이 지나간
그만큼 벌어진 그 틈새가 네 안에 아직 그대로 있다면 어쩌
면……

* * *

　너는 '닫힌 문'처럼 서 있다가 불현듯 나를 돌아보고 가슴
을 노크하듯 두드리며 말한다
　"저쪽 차원으로부터 한 아이의 노크 소리가 들려. 어서 문
을 열어줘야 해. 그런데 그 아이가 이제 내 딸인지 아닌지 모
르겠어."

"아무렴, 오늘 저 텔레비전 속 영정의 아이도 네 딸이 맞잖아. 내일도 다음 주도 다음 달도 내년도 네 딸인 건 불가항력이잖아."

무럭무럭 자라는 '목숨'을 아이 대신 업은 몸으로

차원 이동에 번번이 실패하는 우리의 유일무이한 '차원 이동' 방식은 뉴스 보며 온종일 울기다

커다란 풍선은 생각보다 멀리 있고 커다란 풍선은 생각보다 더 커다랗고

오랜 전쟁에 어린아이는 죽어 어린 병사가 된다
미사일 날아오는 소리가 파도 소리처럼
점점 커졌다가 멀어진다, 반파된 건물
기울어진 옥상에서 보면 미사일은 수평으로 날아간다
정작 지평선은 기울어져 있고 모두가 시시각각 흘러내
린다

호주머니에 넣어둔 남은 흑빵으로 식사를 마친 병사 둘이
시멘트 바닥에 연필로 선을 긋고 바둑을 두네 전쟁 전에는
'마음'을 잡은 사람이 먼저, 전쟁 중에는 '몸'을 잡은 사람이
먼저 두네 다만 승패에는 아무런 영향이 없네 어느 쪽이 먼
저 돌을 놓더라도 동시에 지는 게임

몸은 마음의 풍선이야, 죽은 애인이 말한 적 있다
시신을 태운 검은 재가 흩날리는 공중에 커다란 풍선이
떠 있다
어린 병사가 배운 대로 영점조준 해 여러번 격발해도 터
지지 않는다
커다란 풍선은 생각보다 멀리 있고, 마음처럼

커다란 풍선은 생각보다 더 커다랗다

건물 잔해 속 사람의 얼굴빛처럼 새하얀 저 풍선 속에는 이제 여기 없는 마음이 무수히 들어 있네 기왕 저 풍선이 터지지 않고 대기권을 무사히 벗어날 때까지 어떤 마음인지 궁금해하지 않기로 하네

그러나 풍선이 단풍처럼 한순간 툭 터진다, 울음소리도 없이 조용히
단풍처럼 붉은 화염이 북에서 밀려 내려올 테니
최대한 남쪽으로 가라는 전단이 도시를 뒤덮고
그 말이 아직 '몸'을 잡고 있는 이에게 하는 말인지
'마음'을 잡고 있는 이에게 하는 말인지
별로 중요하지 않다, 알다시피 어차피 단풍은 끝날 때까지 끝나지 않는다

하늘만큼 커다란 풍선도 명중시키지 못했다며 자책하던 병사는 세계 유일의 분단국 남쪽 수도에 본사를 둔 한 다국적 기업에 재직 중이었네 한때는 전쟁 중에 연차를 써야 할

지 병가를 내야 할지 고민하더니 여태 습관성 월요병에 시
달리네

　나중에라도 어떻게 처리하면 좋을까요?
　검은 돌처럼 단단하게 굳어가는 몸에 걸터앉아 있는 하얀
영혼
　그 무릎에 무심결에 손을 올렸는데 갓 구운 흑빵 같다
　돌처럼 딱딱한 몸과 연기 같은 마음을 반반 섞어 구운 것
처럼
　영원한 무승부처럼
　검은 낮과 하얀 밤처럼

　사람들은 다 남쪽으로 피신했을까 걱정을 한수 두면 아까
자신이 하늘만큼 커다란 풍선을 향해 쏜 총알이 피신하던
누군가의 정수리에 떨어졌으면 어쩌나 걱정을 두네 병사가
두는 걱정의 걱정은 무승부 동시에 끝나지 않는 게임

포플러

포플러 아래에 그림자들이 모여든다
그림자들이 대중을 이룬다
포플러 아래서 걱정하는 너의 편지를 받는다
저-세상에서 잘 살고 있냐고
이 세상이 돌연 '저-세상'이 된다

내가 살아가는
'저-세상'은 자려고 누웠는데 계엄이 선포된다
'저-세상'을 다 태워버리려는 듯
대책 없이 몇주간 산불이 이어진다
건조경보와 태풍급의 북서풍이 멈추지 않는다
이 마을 저-마을 사람들이 역대급으로 한데 모여서 잔다
잘 지내고 있냐고 네게 답장을 쓴다
네가 걱정하는 '저-세상' 이야기도 쓴다
'저-세상'은 실상 유폐되었던 수십년 전 타임머신이었다
는 것과
어른이 또 또 아이를 죽였다고
자기가 전쟁터에서 죽을 거라 한번도 생각해본 적 없는
이들이 전쟁터에서 많이들 죽었다고 덧붙인다 총 쏘는 영화

처럼 끝없이

　무수한 총탄에 뚫린 초록 막사 같은

　빛이 새고 비가 새는

　포플러 아래서

　포플러 위로

　떨어졌던 커다란 나뭇잎이 도로 달라붙는다

　먼저 눈감은 아이의 작은 배 위를 덮어준다

　그 정도밖에는 돌이킬 수 있는 것이 없다

　내가 누운 '저-세상'에서 네가 있는 방향으로

　부르튼 발을 높이 올리고 잔다

　발바닥이 간지럽다

　불가피하게 '저-세상'에 살면서 갖는 유일한 안온이다

　네게 보낼 답장의 마지막에 꾹꾹 눌러쓴다

　아직 '저-세상'에 태어나지 않은 그리운 너에게

　선뜻 너를 초대할 수도 없는 곳에서

　집도 없는 '저-세상' 친구가

추신;

하우스! 속삭이면 곁에서 자던 개가

꿈속으로 쏙 들어간다

하얀 저녁

하얀 토끼가 길 한가운데 버려져 있다
　세상이 검푸르게 물들어가는 저녁이 되어도, 저녁이 깊어
갈수록 하얀 토끼는 하나둘 켜지는 가로등처럼, 창문들을
가득 채우는 흰 형광등처럼 점점 더 밝게 하얘져갔다
　'하루 종일 너무 긴 꿈을 꾸었어'
　이제는 잠에서 깨어나고 싶다, 토끼는
　길 한가운데 누군가로부터 버려져 있는 토끼는

토끼야, 저녁은 깊어가는 걸까, 얇아져가는 걸까
　동공이 녹아내릴 만큼 서럽게 울어야 했던 일들만 말끔히
닦여 나간 듯
　'기억나지 않는 꿈'처럼 하루하루가
　다 없던 일처럼 저녁 속으로 하얗게 지워지는데, 선잠처
럼 얇아지는 이 깊은 저녁에
　누가 내버린 상처처럼 길 한가운데 하얀 토끼만 또렷하고
밝게 버려져 있다
　누구라도 밟고 가라는 듯
　'세상'이 인형처럼 하얀 토끼로부터 버려져 있다
　'이제는 꿈에서 깨고 싶어'

그렇게 말하는 하얀 토끼의 얼굴이 주름으로 자글자글
하다

　얼굴이 녹아내리고 배가 터지고 팔다리가 그을려 버려진
한 아이의 곰 인형만이 토끼의 이야기에 귀 기울이고 있다

후략

안녕. 나는 이 시집이 나오는 날로부터 한 계절 후에 와 있다. 안타깝게 그사이에도 슬픈 일이 있었어. 왜 아니겠니. 그래 이곳은 정류장까지 나란히 서 있는 가로수가 어느 때보다 짙푸른 계절이야. 폭염의 한가운데 서 있는 나무를 보고 폭설 속의 눈사람을 떠올려. 둘은 닮았거든. 둘은 하나야. 지난겨울 늦은 밤, 너의 찬 손을 붙잡고 일어선 눈사람이 가로수가 되어 여태 서 있다. 나뭇잎 한장만 한 이 시집이 난분분 지상에 떨어지던 지난봄, 내내 한 바람이 조용히 나뭇잎들을 굴리고 뭉쳐 초록 눈사람을 만들었어. 너는 그 바람을 알까. 그날 밤 너의 찬 손을 같은 체온으로 맞잡아주며 옆에 일어서던 눈사람, 지금은 무심한 듯 너의 그늘이 되어주던 초록 눈사람의 손바닥이 이 시집이라면 얼마나 좋을까. 이 시집은 네 손 위에 포개진 한 아이의 손. 눈부신 날에 손 맞잡듯 이 시집을 펼쳐 손차양으로 사용해도 좋겠지. 그럴 리는 없겠지. 눈사람이 늘 그랬듯 어느 날 감쪽같이 사라질 테니까. 이렇게 네 손 위에 여태 있을 리가 없으니까. 너를 놓친 성긴 빛의 그물로는 가장 간절한 바람을 붙잡지 못해 다 날려 보내고, 이제 여기 남은 건 이 시들뿐이야. 그래도 괜찮다면 조명탄처럼 하루가 또 터질 때 손차양으로 사용했으면,

좋겠어.

너의 다음 계절에서. 안녕.

세상에 어리고 어른대는

김중일

바다, 바람, 바라다. 바다에는 바람이 많이 불어요. 나는 바다에 가고 싶어요. 그리다, 그립다. 우리 함께 그리운 것을 그려봐요. 우리, 유리. 우리는 유리창을 통해 거리를 바라봐요. 아이, 안다, 알다, 아름답다. 갓난아이였을 때 너를 처음 알았어. 너를 안고 있으면 세상의 아름다움을 다 알 것 같았지. 나는 딸아이의 머리를 쓰다듬는다. 어린이, 어리다, 여리다, 아리다…… 평범한 어느 날 밤, 아이가 잠자리에 들기 전에 한글 카드놀이를 한다. 아직 글자를 모르는 아이가 수백장의 한글 카드에서 뜻도 모른 채 그저 비슷한 모양의 글자들을 모아 오면 그것들을 조합해 간단한 말을 만들어보는 놀이다. 그러다가 어린이, 어리다, 여리다, 아리다, 네장의 카드에서 그만 나는 말문이 막힌다. 눈앞 카드의 글자들이 뒤섞이듯 서로에게 번져간다. 내 눈에 설핏 눈물이 차오르는 것일 수도 있다. 아이를 만나고 눈물이 많아졌다. 아이가 재촉하듯 내 어깨를 흔든다. 겨우 한글 카드를 조합해서 입을 뗀다. 세상에 어린, 여린 아이들에게 가슴 아린 일이 일어나지 않았으면 좋겠어. 딸아이가 고개를 갸웃하며 나를 바라본다. 내가 느끼기에는 우리말은 서로 번져 있다. 하나의 낱말이 또 하나의 낱말로 소리와 의미와 감정이 번져간다. 바다, 바람, 바라다. 그리다, 그립다. 우리, 유리. 아이, 안다, 알다, 아름답다. 어린이, 어리다, 여리다, 아리다 등등. 아름드리나무의 무수한 줄기와 가지들처럼 셀 수 없이 뻗어 있다.

여름 저녁, 더운 이마에 어린 바람을 좋아한다. 아스팔트에 어렸던 열기가 빠르게 사라진다. 대신 커피 빛깔 저녁이 세상에 어린다. 유독 바람이 물기를 잔뜩 머금고 있다. 세상 곳곳에서 오늘 태어난 아이들, 막 이 세상에 어린 갓난아이들을 생각한다.

구두점처럼 꽉 쥔 둥근 주먹. 쉽게 펴지지 않을 정도로 손바닥 속으로 빨려들듯 모아 쥐고 있는 작은 손가락들. 그 센 힘을 장하게도 견디고 있는 너무 작고 가는 손가락들. 한 뼘의 팔과 다리 또한 몸통에 빈틈없이 붙이고 있다. 갓난아이는 앞으로 평생 꺼내 쓸 울음을 작은 몸속에 꾹꾹 욱여넣듯 울고 또 운다. 갓난아이는 먼 미래의 공간처럼 머나먼 하늘에서부터 날아와 세상이라는 창에 막 어려서 울고 있는 커다란 빗방울 같다. 비가 온다.

나는 막 태어난 딸아이를 차마 손대지 못하고 눈으로 다독이던 적이 있다. 비 오는 소리가 괜찮아 반가워, 괜찮아 반가워,라고 하는 것 같았다. 창문에 달라붙은 둥근 빗방울처럼 세상의 표면에 어린 존재들. 갓 태어난 아이의 몸은 빗방울처럼 동그랗고 흩어질 듯 연약하다. 그러나 제 몸보다 훨씬 큰 울음소리만으로도 알 수 있듯, 아이는 어른보다 훨씬 큰 힘을 내부에서 감당하고 있다. 하루하루 시간이 흐르면서 아이는 조금씩 팔과 다리를 몸통에서 떼어 기고 걷고 손짓한다. 눈앞의 무엇이든 손가락을 펴 붙잡는다. 그런 아이를 보면 내가 '어렸을 때'를 떠올리게 된다.

어렸을 때, 나는 내가 어린 것이 마뜩잖은 순간이 많았다. 어린 시절을 지나온 사람들이라면 누구나 그러한 경험이 있을 것이다. 어서 어른이 되지 못해 조바심치던 순간이 거의 누구에게나 있다. 나의 경우는 어린 나 혼자 어찌할 수 없던 순간, 그러니까 어른들의 허락이나 결정만을 마냥 기다려야 했던 순간이 그랬다.

입김만 불어도 흩어지는 연기처럼 녹아내리는 하얗고 여린 것. 마치 밤사이 안타깝게 목숨을 놓은 갓난아이의 배내옷 같은 것. 울음소리 같은 것. 숨소리 같은 것. 어렸을 때 겨울 새벽마다 창문에 어린 성에가 신비롭다고 생각했다. 이유는 없다. 신비로운 것은 한번도 이유 따위가 있었던 적이 없다. 나는 곧잘 이유 없는 슬픔에 잠기곤 했다. 어쩌면 오직 슬픔이란 것만이 삶을 신비롭게 한다. 특히 예기치 않게 짐 승처럼 거칠게 덮쳐 오는 슬픔에 몸과 마음이 물어뜯기면서 도 끝내 놓지 않고 이어가는 '너'의 삶은 더욱 신비롭다. 알다시피 아이를 잃은 슬픔이 그런 경우다.

제가 가지고 온 평생의 시간을 꼭 쥐고 있기에는 너무나 작은 주먹. 그 작은 주먹 속에서 울리는 듯한 심장박동과 숨 소리. 절대적인 한 존재의 뜨거움으로 발생한 옅은 수증기 처럼 피어오르는 가는 머리카락. 아직 내가 상상해보지 못 한 언어로 가득 찬, 방금 전까지 신의 소유였던 미지의 시집 한권이 내 앞에 놓여 있었다.

첫딸이 태어나기 전까지, 마흔해 가까이 살면서도 내 삶에 한번도 아이를 그려 넣어본 적이 없었다. '진짜' 슬픔으로부 터 멀찌감치 떨어져 있으려는 본능적인 방어기제 같은 것일 수도 있다. 나는 내게 다가올지 오지 않을지 알 수 없는 슬픔 조차 피하려 했다. 멀리하려 했다. 내가 지나치게 무지했다 는 걸 아이를 만나고 알았다. 더구나 세상에 없었던 존재를 처음 만나는 순간은 엄청나게 신비로운 체험이다.

어린 것은 불완전한 것이고, 철없고 연약한 그 존재 자체 로 어른들을 불안하게 하며, 잘 키워 그 '어림'으로부터 어 서 벗어나게 해야 하는 미혹한 상태로 여겨지기도 한다. 그 러나 그 어린 시절을 벗어나 되는 어른이라는 것이 나는 생각했던 것만큼 좋지 않다.

나는 '어리다'라는 말 자체가 좋다. 실재하지만 손을 대면 좀처럼 잡을 수 없고, 심지어 사라져버릴 것 같은 말. 사랑하는 사람의 얼굴에 어리는 웃음. 창문에 어리는 달빛. 그런 것들을 나도 좋아한다. 우주의 시간 속 지구, 지구의 시간 속 우리는 잠시 지구상에 '어리다' 서서히 '어른'거리는 그림자처럼 사라진다. 우리는 모두 누구나 처음엔 지구라는 창에 '어린' 존재들이었다. 그래서 우리는 우리들 중에 가장 생생하게 어린 사람을 '어린이'라고 부르나보다. 문제는 그다음부터다.

지구라는 창에 잠시 어리던 우리는 세월이 가고 나이가 들면서 '어른'이 된다. 어른이 되는 것은 어른대는 것이다. 어른이 되면 말 그대로 우리는 지구상에 '어른대는' 존재가 된다. 잠시나마 입가에 어렸던 웃음처럼, 눈가에 어렸던 슬픔처럼 그나마 실체가 있는 아름다웠던 순간은 가고, 그저 부산한 거리 곳곳 어디에도 깃들지 못하고 어른대는 유령에 가까운 존재가 된다. 그러니까 어른이 된 우리는 어린이들에 비하면 고작 그들의 그림자 같은 존재다.

지구의 시간에 어른대는 어른은 허수이자 점점 허상에 가까워지는 존재다. 그나마 아직 세상에 어려 있는 어린이만이 상수이자 실재다. 문제는 '허상'이 '실재'를 훼손하는 일이 지구상에는 셀 수 없이 많다는 것이다. '실재'의 생존이 '허상'에 의해 무책임하게 결정되고 폭력에 노출되어 적지 않은 경우 돌이킬 수 없는 비극이 된다. 매년, 매 계절 잠시만 생각해봐도 누구나 떠올릴 수 있을 정도로 '얼마 전에 어린이가 희생된 참혹한 사건'들은 잦고 또 지속적이다.

지금은 대부분의 시간에 어른대는 존재이더라도, 한순간이라도 그 사람을 생각하는 누군가의 얼굴에 아련한 표정으로 어린다면 그 순간만은 그도 '어린 이'다. 부모에게 자식은 늘 어린 존재이듯.

우리는 모두 어린이였다. 여전히 지금도 나를 사랑하는 사람에게는 어린 이다. 나무에 어린 바람같이, 기도하는 사람의 두 손에 어린 바람같이 어린 이다. 누구나 사랑하는 사람에게 오래도록 어린 이가 되고 싶다. 지금 내 얼굴에 따뜻한 표정으로 어린, 기억 속의 사랑했던 그 사람. 그 사람의 눈가에 입가에 나도 가끔이라도 어리는 이가 되고 싶다.

세상의 모든 어린 것들은 무해하다. 내 곁에 어린 것들이 나는 매일, 매 순간 그립다. 세상에, 어느새 자란 어린아이가 막 낮잠에서 깨어 내게로 두 팔 벌리고 웃으며 걸어온다. 새삼스레 깨닫는다. 지금 나에게는 내게 '어린' 아이가 있다. 내게 평생 어릴 아이가 있다. 나는 어린아이가 좋다. 그리고 나는 어린아이를 번쩍 안고 창문을 열었을 때, 우리 둘 얼굴에 어린 햇볕을, 바람을, 새와 곤충들의 울음소리를 좋아한다.

사랑의 끝에서 시작한
사랑의 끝까지의 이야기들을
'시' 속에서 만나온 생면부지의 '너'와
아이와 어른이 아닌 모든 것과
은유와 선유
서해에게

너의 다음 계절에서
김중일

창비시선 534

차원 이동 가능

초판 1쇄 발행 / 2026년 4월 10일

지은이 / 김중일
펴낸이 / 염종선
책임편집 / 김가희 박문수
조판 / 신혜원
펴낸곳 / (주)창비
등록 / 1986년 8월 5일 제85호
주소 / 10881 경기도 파주시 회동길 184
전화 / 031-955-3333
팩시밀리 / 영업 031-955-3399 편집 031-955-3400
홈페이지 / www.changbi.com
전자우편 / lit@changbi.com

ⓒ 김중일 2026
ISBN 978-89-364-2534-0 03810